Falsches Spiel auf Sylt

Dieses Buch gehört

SARAH DREWS

Falsches Spiel auf Sylt

MIT ILLUSTRATIONEN
VON SIMONE LEISS-BOHN

EIN KINDERKRIMI AUS
SCHLESWIG-HOLSTEIN

monika fuchs

Personen und Handlung sind frei erfunden.
Jegliche Ähnlichkeiten mit realen Menschen oder Ereignissen
wären rein zufällig und sind nicht beabsichtigt.

www.verlag-monikafuchs.de

Bibliografische Informationen der Deutschen Nationalbibliothek:
Die Deutsche Nationalbibliothek verzeichnet diese Publikation
in der Deutschen Nationalbibliografie;
detaillierte bibliografische Daten sind im Internet über
http://dnb.d-nb.de abrufbar.

ISBN 978-3-947066-26-1
auch als eBook erhältlich

Layout und Satz: Die Bücherfüxin | www.buecherfuexin.de
Bildnachweis: Lupe (Cover und Pagina) © Lisa Glanz | Detektivfuchs: Isabel Kaboth
Covermotiv und Illustrationen: Simone Leiss-Bohn | Syke | www.simoneleiss.de
Text: Sarah Drews | Neumünster | www.sarahs-buecherwelt.de

Printed in EU 2020

Inhaltsverzeichnis

Miese Aussichten

»Diese dämliche Kuh! Mal ehrlich, wie kann man nur Marianne heißen!« Schon eine Stunde lang hing ich mit meiner besten Freundin Charlotte auf ihrem Bett ab und beschwerte mich über meine dämliche Cousine. Marianne! Wenn ich den Namen schon hörte, wurde ich stinkig. Miss *Ich-mach-alles-richtig-ich-bin-ja-so-perfekt!* Meine Mutter hielt sie mir immer als Beispiel vor. Kein Wunder, dass ich sie absolut nicht leiden konnte. »Wobei, eigentlich kann sie einem echt leidtun mit diesem altmodischen Namen.«

Charlotte grinste mich nur verständnisvoll an. Andere wären sicherlich schon genervt gewesen, aber meine Freundin nicht.

»Sieh es doch mal positiv, Caro«, witzelte sie und versuchte, mich aufzumuntern. »Es sind nur sechs Wochen, dann hat dich Hamburg zurück. Und mal ehrlich – ich beneide dich. Faul am Strand liegen, Musik hören, lesen, Leute beobachten – vielleicht siehst du sogar einen Promi!«

Ich schnappte mir das Kissen unter meinem Kopf und warf es zu Charlotte. Sie duckte sich und das Kissen flog über sie hinweg an die Wand. Als sie sich wieder richtig hinsetzte, streckte sie mir die Zunge heraus, was ich mit einem verächtlichen Schnauben quittierte.

»Tolle Freundin bist du. Du sollst mich bemitleiden und nicht versuchen, mir den Urlaub schönzureden. Es geht doch ums Prinzip! Marianne ist stinklangweilig und da hilft kein Strand und kein

Promi, Meer hin oder her. Lieber stehe ich die gesamten Ferien mit meiner Mutter frühmorgens auf und fahre zum Großmarkt, als auch nur einen Tag mit meiner dämlichen Cousine verbringen zu müssen.« Seufzend richtete ich mich auf und schwang die Beine über die Bettkante. »Im Grunde ist es so was von egal. Ändern kann ich es ohnehin nicht mehr. Und jetzt muss ich los – packen.« Ich deutete mit den Finger in den Hals und gab ein Würgegeräusch zum Besten.

Charlotte lachte und stand auch auf. An der Tür sagte sie: »Mach nichts, was ich nicht auch machen würde!«, und umarmte mich zum Abschied besonders lange.

»Was soll ich auf Sylt schon machen?«, erwiderte ich missmutig. »Mit einem Rentner flirten? Ich kann froh sein, wenn ich da überhaupt Empfang habe und nicht vor lauter Einsamkeit so schräg werde wie Marianne.« Bei diesem Gedanken schüttelte es mich. »Also dann ... viel Spaß in England.« Ich hob die Hand und ging los.

Nach einigen Schritten vergrub ich die Hände in den Hosentaschen, kniff ich die Lippen zusammen, verengte die Augen zu kleinen Schlitzen und stieß verächtlich die Luft durch die Nase aus.

»Das ist so was von unfair. Absolut unfair. Ich bin zwölf und keine sieben mehr«, maulte ich vor mich hin. »Von wegen noch zu jung, um tagsüber alleine zu bleiben. Immerhin komme ich nach den Ferien in die 7. Klasse. Aber zählt das? Nein!« Düster dachte ich an das Gespräch mit meiner Mutter vom vergangenen Freitag.

Freitag ist mein absoluter Lieblingstag. An diesem Tag arbeitet meine Mutter nicht wie sonst nur bis mittags, sondern steht bis 16 Uhr in der Blumenhandlung *Blumenmeer*. Für mich bedeutet das: Freiheit. Ich kann die Musik aufdrehen, durch die Wohnung tanzen, mir Trash im Fernsehen reinziehen, auf dem Sofa lümmeln und sogar im Bett essen. Eben alles, was meine Mutter sonst verbietet.

Doch als ich am letzten Freitag die Tür öffnete, duftete es herrlich nach Pizza und ich hörte meine Mutter in der Küche hantieren. Ich stöhnte laut auf. So ein Mist! Das war's dann wohl mit der sturmfreien Bude.

»Caro, bist du das?« Meine Mutter kam zur Küchentür. Ein »Hallo« blieb mir aber glatt im Hals stecken. Meine Mutter lächelte nicht wie sonst, sondern sah total ernst aus. Tiefe Sorgenfalten zogen sich über ihre Stirn und das bedeutete nichts Gutes.

»Mama, alles okay?«, fragte ich sie und warf meinen Schulrucksack achtlos in die Ecke.

Statt einer Antwort schüttelte meine Mutter den Kopf. »Wir müssen reden. Komm, ich hab uns Pizza gemacht.«

Sie verschwand wieder in der Küche. Ich verzichtete auf das übliche Händewaschen und folgte ihr auf direktem Wege. Meine Mutter saß auf ihrem Platz und starrte auf die dampfende Pizza, die mitten auf dem Tisch stand. Thunfisch mit extra viel Zwiebeln. Das Wasser lief mir im Munde zusammen. Wie von selbst schwebte meine Hand in Richtung eines besonders fettigen Stückes, als ich den merkwürdigen Gesichtsausdruck meiner Mutter bemerkte. Mit einem Seufzer lehnte ich mich zurück, aber nicht ohne immer wieder auf die dampfende Pizza zu schielen. Gleichzeitig überlegte ich, was ich ausgefressen haben könnte. Ohne Grund wäre meine Mutter nicht früher von der Arbeit gekommen und würde nicht aussehen wie sieben Tage Regenwetter. Aber je mehr ich überlegte, desto mehr kam ich zu dem Schluss, dass ich nichts ausgefressen hatte. Meine Noten waren ... okay. Ich war nicht zu spät ins Bett gegangen, den Mülleimer hatte ich heute Morgen mit nach unten genommen, Hausaufgaben hatten wir seit Tagen keine auf und mir fiel nichts ein, was ich kaputt gemacht hatte.

Mitten in meine Überlegungen hinein räusperte sich meine Mutter und verkündete mit ernster Stimme: »Es tut mir leid, Caro – wir müssen Spanien verschieben.«

Es dauerte ein paar Sekunden, bis ich die Nachricht verstanden hatte. Immerhin war der Urlaub seit Wochen geplant. Zwei Wochen mit dem Auto nach Spanien. So war der Deal, wenn ich mindestens eine Drei in Mathe bekomme. Das musste ein schlechter Scherz sein. Ganz klar. Mama würde niemals ...

»Frau Marquard ist heute im Laden gestürzt und hat sich die Hüfte gebrochen.«

»Und, was hat das mit unserem Urlaub zu tun?«

Meine Mutter seufzte, als hätte ich sie nach dem Wetter gefragt, anstatt selbst aus dem Fenster zu schauen.

»Frau Marquard hat doch sonst niemanden, und deshalb hat sie mich gebeten, den Laden so lange zu betreuen, bis sie wieder fit ist.«

Das ergab sogar für mich einen Sinn. Für zwei Sekunden starrte ich meine Mutter fassungslos an, aber dann wurde mir bewusst, dass das jeden Tag sturmfrei bedeuten würde. Meine Mutter würde früh aufstehen, zum Großhandel fahren und nicht vor 19 Uhr wieder da sein. Das würden die besten Sommerferien meines Lebens werden! Viel besser als Spanien! So viel war mir jetzt schon klar. Ich grinste bis zu den Ohren, während ich so gelassen wie möglich sagte: »Gar kein Problem. Verschieben wir Spanien auf nächstes Jahr.«

Beherzt griff ich nach einem Stück Pizza und biss hinein. Das Fett lief mir das Kinn hinunter. Mit dem Ärmel meines Pullis versuchte ich, ein Unglück zu verhindern.

»Caroline Berger!«

»Tschuldigung«, nuschelte ich und nahm die Serviette, die sie mir hinhielt.

»Manchmal frage ich mich, von wem du dein Benehmen geerbt hast.« Sie schüttelte den Kopf. »Wie auch immer. Ich habe schon mit Linda gesprochen. Sie ist einverstanden, dass du zu ihr nach Sylt kommst und die Sommerferien mit Marianne und ihr verbringst.«

Was??? Prompt verschluckte ich mich und versuchte hustend, das Stück Pizza hochzuwürgen. Ich schnappte nach Luft.

»Tante ... Linda? Mama, ich bin alt genug. Ich brauche keinen Babysitter. Ich kann doch ...«

Der Blick meiner Mutter ließ mich verstummen. »Das kommt gar nicht in Frage. Der Großmarkt öffnet um 2 Uhr. Wenn ich nicht nur die Reste abbekommen will, muss ich jeden Tag spätestens um 3 Uhr aus dem Haus.«

»Weiß ich doch«, winkte ich ab. »Das hast du doch schon ein paar Mal gemacht. Du legst dich dann noch etwas aufs Ohr und ich kümmer mich ums Frühstück.«

»Und die restliche Zeit? Vor 19 Uhr bin ich nicht zurück. Das ist mir einfach zu lange, um dich unbeaufsichtigt zu lassen.«

»Frag doch einfach Fatima!« Bei diesem Gedanken klopfte ich mir innerlich auf die Schulter. Fatima wohnte nicht nur über dem

Laden, sondern studierte Biologie. Sie liebte Blumen und hatte schon öfters ausgeholfen.

»Das sind zwei Stunden am Mittag. Mehr wirft der Laden nicht ab. Weißt du, was das für ein Stress ist, dann noch hier nach Hause zu fahren? Es tut mir wirklich leid, aber ...«

»Aber Mama!« Ich musste sie umstimmen. Tante Linda war einfach keine Option. »In meiner Klasse sind viele alleinerziehende Mütter, die den ganzen Tag arbeiten. Meine Mitschüler ...«

»Es ist mir egal, wie andere das handhaben«, unterbrach mich meine Mutter augenblicklich.

»Ich könnte doch zu Charlotte!« Das war keine schlechte Idee.

»Du weißt selbst, dass Charlotte in den Ferien einen Sprachkurs in England macht.«

Mist. Daran hatte ich überhaupt nicht gedacht.

»Dann komme ich eben mit und helfe dir!«

Alles war besser als zu Tante Linda und der blöden Marianne.

»Caroline, benimm dich nicht wie ein kleines Kind. Es ist schon alles geregelt. Am Donnerstag geht es los. Widerrede zwecklos!«

Damit war das Thema für meine Mutter erledigt. Und mir war der Appetit vergangen. Völlig fertig legte ich die Pizza zurück auf den Teller und starrte meine Mutter einfach nur entsetzt an. Zuerst wurde nichts mit Spanien, obwohl ich damit in der Klasse schon angegeben hatte. Und jetzt zerstörte sie auch noch meinen Traum von sturmfreien Ferien. Geräuschvoll schob ich meinen Stuhl nach hinten und verließ mit verschränkten Armen und einer mehr als beleidigten Miene die Küche. Dass ich meine Zimmertür laut ins Schloss geknallt habe, muss ich wohl nicht betonen.

Alleine vom Drandenken bekam ich Magenschmerzen. Lieber hätte ich den ganzen Tag im Blumenladen gehockt, als sechs Wochen zu Tante Linda und meiner dämlichen Cousine Marianne zu fahren. Aber egal, was ich in den letzten Tagen versucht hatte: Mama ließ sich nicht von ihrem Plan abbringen. Ich hatte sogar probiert, ernsthaft krank zu werden. Erst hatte ich an den alten Trick mit dem Fieberthermometer gedacht, aber das war ein ausgelutschter Schuh und Mama durchschaute den leider. Deswegen hatte ich einen super Plan entwickelt: Dienstagnacht war ich in die Küche geschlichen und hatte alles, was ich in die Finger bekommen konnte, in mich hineingestopft. Kalte Nudeln, Gurken, Eis, Käse und sogar einen abgelaufenen Joghurt hatte ich runtergewürgt. Irgendwann konnte ich nicht mehr. Ich sah die Wurst in meiner Hand an. Mir war speiübel und mit einem Mal kam ich mir absolut albern und kindisch vor. Kein Wunder, dass mich meine Mutter für unreif hielt, wenn ich mich auch so benahm. Ich beschloss gerade, meine Fressorgie zu beenden, als das Deckenlicht anging. Vor mir stand meine Mutter im Nachthemd und mit Lockenwicklern in den Haaren. Ohne ein Wort zu sagen, erfasste sie die Situation und schüttelte den Kopf. Gemeinsam räumten wir das Chaos auf, das ich hinterlassen hatte.

Als wir fertig waren, fasste ich mir ein Herz und sagte ihr: »Weißt du, was ich am schlimmsten finde? Dass es gleich die ganzen Sommerferien sind. Du wirst mir schrecklich fehlen.«

Es stimmte nicht ganz, aber es hatte einen wahren Kern. Ich war noch nie so lange ohne meine Mutter gewesen. Sie zog mich an sich und strich mir liebevoll über den Kopf. Dann erklärte sie es mir ausführlich: »Ich weiß, aber für mich ist es die beste Lösung. So kann ich mich voll und ganz um den Laden kümmern, und du weißt ... Frau Marquard hat mich immer unterstützt, wenn ich deinetwegen früher gehen musste, weil du krank warst. Pass auf, ich mach es wieder gut. Wie wäre es mit einem neuen Handy? Ich weiß doch, dass du dir schon lange ein richtiges Smartphone wünschst.«

Was hätte ich denn sagen sollen – nein? Da wäre ich ganz schön dumm gewesen.

Und nun war es soweit. Der verhasste Donnerstag war gekommen.

»Bleib nicht zu lange bei Charlotte«, hatte meine Mutter mich morgens noch ermahnt. Aus den geplanten fünf Minuten waren zwei Stunden geworden. Schlechte Laune hin oder her, jetzt musste ich mich beeilen. Zuhause wartete die leere Reisetasche auf mich, ich musste noch ein paar Spiele und Spotify auf mein neues Smartphone installieren, Bücher raussuchen und Klamotten zusammenpacken. Nicht mal eine Stunde hatte ich Zeit, bis es zum Bahnhof ging. Ich hetzte los.

2

Eine Insel mit vier Riesen

»Hast du alles?«, fragte mich meine Mutter zum gefühlt hundertsten Mal. Wir standen in Hamburg Dammtor auf dem Bahnsteig. WESTERLAND (SYLT) stand auf der Anzeigetafel. Eigentlich wollte mich meine Mutter persönlich zu Tante Linda bringen, aber dann hätte sie den Laden den ganzen Tag schließen müssen, und das wollte ich nicht. Am Anfang der Planungen fand ich die Aussicht, alleine zu fahren, viel cooler und erwachsener. Aber jetzt wurde mir doch mulmig. Ich war ich noch nie alleine mit dem Zug unterwegs gewesen.

Noch zehn Minuten bis zur Abfahrt. Mama war keine große Hilfe mit ihrem ständigen Nachfragen. Ganz im Gegenteil.

»Hast du deine Versicherungskarte?«

Ich nickte stumm.

»Hast du dein Taschengeld?«

»Ja, habe ich eingesteckt. Und bevor du fragst, meine Geldbörse habe ich auch.« Ich klopfte auf meinen Rucksack. »Der Reißverschluss ist auch richtig zu.«

Meine Mutter nickte geistesabwesend. »Tante Linda holt dich direkt am Bahnhof ab.«

Ich konnte mir das Grinsen nicht verkneifen. Das sagte sie nun schon zum dritten Mal innerhalb der letzten Viertelstunde. Irgendwie war es süß, wie nervös meine Mutter war. Dabei war ich es, die gleich in den Zug steigen sollte und hoffte, dass alles klappt.

»Mama, das weiß ich. Falls ich sie nicht erkenne, soll ich einfach stehen bleiben. Sie wird mich schon finden.«

Meine Mutter nickte und schaute auf meine Jacke. »Hab ich dir schon das Ticket ...?«

Warum müssen Kinder eigentlich immer ihre Eltern beruhigen?, dachte ich und sagte: »Mama, das steckt im Seitenfach vom Rucksack. Mein Handy habe ich auch dabei. Trinken und Essen ebenfalls. Ich lasse mich nicht von Fremden ansprechen, und ich gehe mit niemanden außer Tante Linda mit. Mama, ich fahre nur nach Sylt zu deiner Schwester und fliege nicht zum Mond.«

Ein kleines Lächeln huschte über das Gesicht meiner Mutter. Sie drückte mich und gab mir einen Kuss auf die Stirn. »Ich hab dich lieb, Spatz!«

Noch einmal drückte sie mich, dann fuhr auch schon der Zug ein.

»Ich dich auch«, sagte ich, wobei ich mir nicht sicher war, ob sie es überhaupt gehört hat. Der Zug bremste laut und schrill. Jetzt wurde es also ernst. Sechs Wochen Hölle auf Sylt. Ich versuchte, den Gedanken zu verdrängen und es positiv zu sehen. Strand, ein neues Handy und guter Lesestoff. Als ich mir das Meer vorstellte, lächelte ich sogar.

Zum Abschied drückte ich sie ebenfalls, atmete tief durch und stieg ein. Ich blieb in der Tür stehen und machte etwas Platz, um die anderen Leute einsteigen zu lassen, dann wandte ich mich wieder meiner Mutter zu. Inzwischen wirkte sie recht käsig um die Nase. Oh Mann, warum musste sie es mir auch so schwer machen?! Ich seufzte. Meine Mutter nahm das zum Anlass, um ihre Ratschläge noch einmal komplett abzuspulen. Die ganze Zeit nickte ich eifrig, versuchte aber gleichzeitig, meine eigene Angst in den Griff zu bekommen.

»Darf ich mal?«, fragte da jemand freundlich, aber bestimmt. Meine Mutter ging einen Schritt zur Seite und eine Frau mit schneeweißem Haar erklomm die Stufen. Ich machte ihr Platz, aber die alte Dame legte ihre Hand auf meine Schulter und drehte sich zu meiner Mutter.

»Es blieb nicht aus, dass ich mitbekommen habe, was Sie zu ihrer Tochter gesagt haben. Wenn Sie möchten, habe ich ein Auge auf sie, bis wir in Sylt ankommen.«

»Das ... das wäre wirklich nett. Sie ist noch nie ...«, murmelte meine Mutter sichtlich verlegen. Es war nicht zu übersehen, dass ihr ein großer Stein vom Herzen fiel. Weiter kam sie jedoch nicht, denn schon wurde zur Abfahrt gepfiffen.

»Ruf mich an!«, rief mir meine Mutter noch zu, als sich die Türen schlossen. Ich winkte, bis ich sie nicht mehr sehen konnte, dann folgte ich meiner unbekannten Babysitterin, bis wir zwei freie Plätze am Fenster fanden.

Jetzt fuhr ich also wirklich nach Sylt. Einerseits freute ich mich riesig. Schon seit ich denken konnte, wollte ich Urlaub am Meer machen, aber der Gedanke an Marianne trübte meine Vorfreude. Würde Tante Linda erwarten, dass ich mich genauso vorbildlich benahm?

Ich schüttelte mich und kramte in meinem Rucksack nach einem Buch. Bloß ablenken, dachte ich und begann, das neueste Abenteuer der *Drei ???* zu lesen, das meine Mutter mir gerade in noch in der Bahnhofsbuchhandlung spendiert hatte.

Wann immer ich hoch schaute, sah ich etwas anderes. Häuser, Felder, Wiesen – Kühe wurden von Schafen abgelöst. Als ich das nächste Mal aus meiner Geschichte auftauchte, sah ich direkt aufs Wasser. Neugierig legte ich mein Buch zur Seite und starrte auf die Nordsee, die fast bis zu den Schienen ging.

»Wie cool ist das denn«, murmelte ich vor mich hin.

»Wir sind auf dem Hindenburgdamm«, erklärte mir meine Aufpasserin und fragte: »Zum ersten Mal auf Sylt?«

Ohne den Blick abzuwenden, nickte ich. »Ich besuche meine Tante in den Ferien. Eigentlich wollten meine Mutter und ich nach Spanien, aber sie muss ihre kranke Chefin vertreten. Ich darf mich jetzt stattdessen mit meiner Cousine herumquälen.« Der Seufzer ließ sich nicht unterdrücken. »Das wird so was von langweilig werden!«

»Meinst du? Also, als ich noch so jung war wie du, da war Sylt noch keine Touristenhochburg. Du kannst mir aber glauben – gelangweilt habe ich mich nie. Ich wette, am Ende denkst du ebenfalls anders.« Sie lächelte verschmitzt.

Ich schüttelte den Kopf. »Nicht mit meiner Cousine. Sie ist total die Streberin. Nur gute Noten, total höflich – dafür weiß sie nicht, was Spaß heißt.« Ich seufzte noch einmal und ließ mich in den Sitz zurückfallen. »Das letzte Mal, als sie bei uns in Hamburg war, war ich mit ihr in *Planten un Bloomen*, da ist so ein richtig cooler Spielplatz. Marianne saß nur ruhig auf der Schaukel, bis wir wieder nach Hause gegangen sind. Ich glaube nicht, dass sie sich sehr geändert hat.« Ich rollte mit den Augen, als Mariannes Bild vor mir auftauchte.

Als meine Mitfahrerin die Stirn runzelte, erzählte ich ihr die ganze Geschichte: »Als Marianne und ich neun waren, kam sie mal für zwei Wochen zu uns nach Hamburg. Ich hatte mich tierisch drauf gefreut, denn Marianne hatte immer coole Ideen. Bei Geburtstagen, Weihnachten und anderen Festen hatten wir immer viel Spaß. Damals aber war sie völlig anders. Egal, was ich ihr vorschlug, sie hatte auf nichts Lust. Entweder saß sie im Wohnzimmer auf dem Sofa oder lag in meinem Zimmer auf der Gästematratze. Meine Mutter schlug vor, dass wir auf den Spielplatz gehen sollten. Doch kaum waren wir da, trottete sie zur Schaukel, setzte sich drauf, schaukelte leicht vor und zurück und starrte dabei ihre Fußspitzen an, die im Sand scharrten. Den ganzen Nachmittag hatte ich versucht, sie von der Schaukel zu locken, bis es mir irgendwann zu blöd wurde und ich mir jemand anderen zum Spielen gesucht hatte. Ich war echt froh, als sie endlich von ihrer Mutter wieder abgeholt wurde. Seitdem bekam ich nur noch zu hören, wie gut Mariannes Noten sind, wie viel sie im Haushalt hilft und wie ordentlich ihr Zimmer ist. Durch und durch eine Streberin. Wahrscheinlich hat sie sogar einen Heiligenschein. Das werden stinklangweilige Ferien, hundertpro!«

»Wenn ich eins in meinem Alter mit Sicherheit sagen kann, dann das: Nichts ist so schlimm, wie es im ersten Moment scheint.« Sie zwinkerte mir zu.

Eine Viertelstunde später fuhr der Zug langsam mit quietschenden Bremsen in den Bahnhof ein. Da war ich nun – auf Sylt. Ich schnappte mir meinen Rucksack und meine Reisetasche, nickte der alten Dame zu und stolperte durch den Gang zu den Türen. Draußen atmete ich erst einmal tief ein. Die Luft war klarer als in Hamburg und leicht salzig, aber ich gebe zu, dass ich mehr erwartet hatte. Dann schaute ich mich erwartungsvoll um. Der ganze Bahnsteig war voller Menschen. Na toll, weit und breit konnte ich niemanden erkennen, der auch nur im Ansatz so aussah wie Tante Linda. Bei diesen Menschenmassen aber auch kein Wunder. Was wollen bloß alle auf Sylt?, fragte ich mich kopfschüttelnd.

Am Ende des Bahnsteigs entdeckte ich ein altes Gebäude. Vielleicht wartete Tante Linda da. Ich schulterte die Tasche und wankte unter dem Gewicht zum Ausgang. Warme, muffige Luft schlug mir entgegen, als ich das Bahnhofsgebäude betrat. Mein Blick flog über die wartenden Leute. Dabei streckte ich mich extra, um mir einen besseren Überblick zu verschaffen, aber noch immer entdeckte ich niemanden, der aussah wie meine Tante.

Hatte sie mich vergessen? Ein dicker Kloß breitete sich in meiner Kehle aus. Mit einem Mal fühlte ich mich gar nicht mehr so groß und wünschte, meine Mutter wäre doch mitgekommen. Nervös kaute ich auf einer Haarsträhne herum. Sollte ich bei Tante Linda im Laden anrufen? Augenblicklich verwarf ich den Gedanken. Benimm dich nicht wie ein Baby!, befahl ich mir in Gedanken. Vielleicht sucht sie einfach einen Parkplatz? Mama war schließlich auch eine Viertelstunde durch die Gegend gefahren, bis sie endlich das Auto abstellen konnte.

Beladen mit meinem Gepäck suchte ich nach einer freien Sitzmöglichkeit, als mich jemand an die Schulter fasste. Ich zuckte erschrocken zusammen und drehte mich um. Vor mir stand Tante Linda. Die Haare leicht zerzaust vom Wind, mit geröteten Wangen.

»Caro?«, fragte sie, als wollte sie sichergehen, dass ich die Richtige war. »Du bist ganz schön groß geworden.« Sie griff nach meiner Tasche und legte den Arm um meine Schulter.

»Ich hoffe, du wartest noch nicht lange. Werner hat einfach keinen Parkplatz gefunden. Komm, wir müssen uns beeilen. Er steht mit dem Wagen im Halteverbot.«

Werner?, fragte ich mich und versuchte, meine Gedanken zu ordnen. Hieß der Mann von Tante Linda nicht Ryan? Grübelnd folgte ich ihr. Als wir aus dem Gebäude traten, blickte ich mich um. Es sah so dröge aus, wie ich es mir vorgestellt hatte. Und das Meer konnte ich auch nicht sehen.

Na toll! Aber dann blieb mein Blick an vier merkwürdigen Figuren hängen. Ich stoppte, um sie mir besser anzusehen. Die Skulptur einer Riesenfamilie: Mama, Papa, Tochter und Sohn stemmten sich gegen einen heftigen Wind. Die Eltern umklammerten ihre Koffer, zwei weitere Koffer lagen auf dem Boden.

»Wie cool ist das denn? Die sind ja gigantisch!« Ich zückte mein Handy und machte ein Selfie mit den Riesen. Tante Linda blieb ebenfalls stehen. »Das ist unsere reisende Riesenfamilie«, erklärte sie lachend. »Ob sie gerade ankommen oder nach Hause fahren, weiß ich aber nicht!« Eine Hupe quäkte und sie deutete auf einen schwarzen VW-Bus. »Werner wird schon ungeduldig. Komm, er hasst es zu warten!«

Tante Linda verstaute mein Gepäck in den Kofferraum, während ich die Schiebetür öffnete, in den Bus kletterte und mich auf den Sitz hinter dem Beifahrer setzte.

»Hallo, ich bin Caro«, murmelte ich in Richtung Fahrer, der nicht reagierte.

Ich hatte mich gerade angeschnallt, als Tante Linda meine Tür schloss und ebenfalls einstieg.

»Werner, das ist meine Nichte Caroline!«, stellte sie uns vor.

Der Angesprochene drehte sich um und ich konnte nicht anders, ich musste ihn anglotzen. Was für ein scheußlicher Typ! Ich wusste sofort, dass ich ihn nicht mochte. Trotz der Hitze trug er einen schwarzen Anzug. Natürlich mit einer Krawatte. Seine schwarzen

Haare waren perfekt mit Gel nach hinten frisiert. Ich grinste – die Schweißperlen auf seiner Stirn passten so gar nicht in das aalglatte Bild. Doch als ich seinen Blick auffing, bereute ich mein Grinsen sofort. Sein abschätziger und überlegener Blick gab mir das Gefühl, eine lästige Kröte zu sein. Am liebsten hätte ich ihm die Zunge rausgestreckt.

Er hielt mir die Hand hin. »Du darfst mich gerne Werner nennen, oder auch Onkel!«

Als ich nicht reagierte, tätschelte er mir stattdessen mein Knie. Seine Hand war feucht und schwer.

Ich konnte nicht anders. »Finger weg«, knurrte ich und funkelte ihn böse an. Ich rechnete mit einer Antwort, aber stattdessen zog er seine Hand zurück, legte den Arm um meine Tante und gab ihr einen Kuss auf die Wange.

»Dann wollen wir mal, Liebling«, flötete er und fuhr an.

»Müssen wir weit fahren?«, fragte ich Tante Linda, aber Werner antwortete für sie: »Rund zehn Minuten von Westerland bis Wenningstedt. Kannst es wohl kaum erwarten, was? Kann ich aber verstehen. Als ich das erste Mal hergekommen bin …«

Ich lehnte mich zurück und blendete Werner aus. Stattdessen kramte ich nach meinem Handy. »Ich werde mal Mama schreiben, damit sie weiß, dass alles gut ist«, murmelte ich, froh, eine Ausrede zu haben.

3

Alles ganz anders

Der Wagen wurde langsamer und bog auf eine kiesbedeckte Einfahrt ein, die zu einem kleinen weißen Haus mit typischem Reetdach führte. Zur Straße hin war das Grundstück mit einer Hecke abgegrenzt. Ein paar Schritte neben dem Haus stand ein weiteres Gebäude, über dessen Eingang ein Schild mit dem Wort *Fahrtwind* angebracht war. Das musste Tante Lindas Fahrradladen sein, den Mama erwähnt hatte..

Der Rasen, den man hinter dem Haus sehen konnte, sah gepflegt und irgendwie spießig aus. Genauso hatte ich mir das Ganze vorgestellt. Bevor ich mich weiter umschauen konnte, stieg Tante Linda aus und öffnete mir die Schiebetür.

Gleichzeitig öffnete sich wie auf ein stilles Kommando die Haustür und ein Mädchen, das ungefähr einen halben Kopf größer war als ich, kam heraus. Sie trug eine von diesen absolut genialen Nerd-Brillen und einen Jumpsuit in Jeansoptik. Alleine das reichte schon aus, dass ich neidisch wurde. Aber ihre Haare! Diese Flechtfrisur hatte ich vor drei Wochen in der Bravo Girl gesehen und seitdem standen meine Haare und ich auf Kriegsfuß. Egal, was ich probierte, ich bekam die Frisur nicht hin. Im gleichen Moment entdeckte ich den kleinen Leberfleck am Kinn. Das konnte doch unmöglich …

»Marianne?«

Es rutschte mir einfach so heraus und wie zur Bestätigung nickte das Mädchen und setzte ein schiefes Lächeln auf.

Okay, damit hatte ich absolut nicht gerechnet. In den drei Jahren, die ich sie nicht gesehen hatte, hatte sie sich völlig verändert. Von wegen Langweilerin!, dachte ich, als ich bei den pinken Ballerinas von Buffalo angekommen war. Ich erwiderte das Grinsen. Vielleicht würde der Urlaub ja doch cool werden.

»Na, dann hätten wir das ja auch geklärt. Hereinspaziert«, sagte meine Tante und schob mich zur Haustür. Marianne trat zur Seite und ich ging hinein. Tante Linda stellte meine Sachen einfach in den Flur.

»Wollt ihr hier Wurzeln schlagen?«, kam es brummend von Werner, der sich unsanft an mir vorbeidrängelte und durch eine Tür verschwand. Kopfschüttelnd folgte ich ihm in das große, sonnendurchflutete Wohnzimmer.

Das Erste, das mir auffiel, war die totale Ordnung. Alles hatte seinen Platz und wirkte wie arrangiert. Im ersten Moment dachte ich, ich wäre in einem Musterhaus gelandet. Kein Vergleich zu meinem Zuhause. Bei uns war es sauber, keine Frage, aber wir bezeichneten es als »gemütliches Chaos«. Zumindest nannte es meine Mutter so, wenn *unerwartet* Besuch auftauchte. Wenn sich Besuch *ankündigte*, rannte sie wie ein aufgescheuchtes Huhn umher und versuchte, eine gewisse Ordnung in die Wohnung zu bringen. Meist gab sie nach fünf Minuten genervt auf. Mir war es egal. Ich fühlte mich pudelwohl. Das hier war jedoch was ganz anderes. Die Zeitungen lagen gestapelt unter dem Tisch, die Decke war akkurat gefaltet, Untersetzer lagen auf der Tischmitte und die Arbeitsplatte in der offenen Küche war bis auf eine gut gefüllte Obstschale leer. Alles war sauber und ordentlich in den Schränken verstaut. Und nicht mal ein schmutziges Glas war in der Spüle zu finden. Hier konnte man mit Sicherheit vom Fußboden essen.

Hoffentlich ist das kein Dauerzustand, dachte ich und boxte Marianne, die neben mir stand, in die Seite. »Habt ihr extra aufgeräumt oder sieht das hier immer so aus?«, raunte ich ihr zu.

Marianne antwortete nicht und blickte stattdessen auf ihre Zehenspitzen. Na toll, das konnte was werden.

»Wie wäre es mit einem leckeren Stück Erdbeerkuchen?«

Tante Linda deutete auf den gedeckten Tisch direkt neben der Küche, den ich im ersten Moment gar nicht gesehen hatte. Das ließ ich mir nicht zweimal sagen, zumal auch mein Bauch den Kuchen entdeckt hatte und unverzüglich mit einem Knurren antwortete. Innerhalb von wenigen Sekunden saß ich am Tisch und häufte mir einen gigantischen Berg Sahne auf meinen Kuchen. Wenn der Erdbeerboden so gut schmeckte, wie er aussah, dann würde ich dem Urlaub ganz klar eine neue Chance geben. Meine Gabel berührte gerade die Sahnespitze, als Werner sich räusperte.

»Es freut mich wirklich sehr, dass du uns besuchst. Linda hat mir schon so viel von dir und deiner Mutter erzählt.«

Ich nickte und schielte zu meinem Teller. Gerade wollte ich die Gabel eintauchen, als er weitersprach. Genauer gesagt, redete er die nächsten zehn Minuten ununterbrochen darüber, wie sehr er sich freue, einen, wie er betonte, so wichtigen Teil von Lindas Familie kennenzulernen. Irgendwann reichte es mir. Mein Magen knurrte und mir lief das Wasser im Mund zusammen.

»Du kannst wirklich immer zu mir ...«

»Guten Appetit«, warf ich in die Runde und unterbrach damit seine gefühlt endlose Rede. Dafür erntete ich einen schiefen Blick, den ich gekonnt ignorierte. Ohne abzuwarten, schaufelte ich mir die erste Gabel mit Kuchen in den Mund.

»Mhhhh«, seufzte ich. Der Kuchen schmeckte himmlisch. Doch dann fiel mein Blick auf Marianne, die mir gegenüber saß. Kerzengerade und darauf bedacht, ja nicht zu krümeln.

Wie war das noch von wegen nicht spießig? Ich schüttelte den Kopf und belud mir die nächste Gabel. Prompt passierte das, was Marianne niemals passieren würde. Kuchen und Sahne fielen von der Gabel und landeten auf der weißen Tischdecke.

»Schorry«, nuschelte ich, nachdem ich den Schaden beseitigt hatte. Das brachte mir augenblicklich einen strafenden Blick von Werner ein, aber das war mir herzlichst egal. Ich war schließlich nicht hier, um den ersten Platz in vorbildlichem Benehmen zu gewinnen.

»Fertig?«, fragte meine Tante, nachdem ich das vierte Stück Kuchen verputzt hatte. Ich nickte, und sie fuhr fort: »Dann kann dir Marianne zeigen, wo du schläfst. Werner hat deine Tasche schon hochgebracht. Die Insel, das Meer und all das zeigen wir dir am Wochenende.« Sie lächelte mich an. »Ich muss noch in den Laden, Fahrräder verleihen sich leider nicht von selbst. Aber ich bin sicher, Marianne und du habt euch eine Menge zu erzählen!«

Unsicher blickte ich von meiner Tante zu meiner Cousine und versuchte, dabei halbwegs erfreut auszusehen. Ich konnte doch schlecht sagen, dass ich darauf so wenig Lust hatte wie auf einen Besuch beim Zahnarzt. So still und vorbildlich, wie sich Marianne beim Kaffeetrinken benommen hatte, würden sich meine schlimmsten Befürchtungen bewahrheiten, vermutete ich.

Während ich meiner Cousine durch den Flur in den ersten Stock folgte, hoffte ich, dass sie bald wieder verschwand. Mal ehrlich, was sollte ich auch mit ihr reden? Wir waren eindeutig total verschieden. Schon jetzt bereute ich, dass ich nicht mehr Bücher eingepackt hatte.

Oben deutete Marianne wortlos auf eine steile Holztreppe, die noch eine Etage höher führte. Sie ließ mir den Vortritt und sofort hob sich meine Stimmung. Mein eigenes Reich unter dem Dach, schoss es mir durch den Kopf. Wie cool war das denn!

Voller Vorfreude riss ich die Tür auf, und wäre beinahe rückwärts die Treppe heruntergefallen. Ich stand in einem rosa Mädchenzimmer. Nicht, dass ich was gegen Rosa habe. Also, meine Lieblingsfarbe ist Pink, aber was zu viel war, war zu viel. Rosa Bettdecke, rosa Tapeten, Pferdeposter an den Wänden, ein rosa Teppich – eine Gästematratze. Mir schwante Schreckliches.

»Willkommen in meinem Reich«, nuschelte Marianne, die hinter mir stehen geblieben war. »Ich hab dir im Schrank etwas Platz gemacht.«

Das durfte doch nicht wahr sein! Jetzt konnte ich mich nicht mal in mein eigenes Zimmer zurückziehen, wenn ich ihr aus dem Weg gehen wollte.

»Das war nicht meine Idee«, murmelte Marianne und zuckte mit den Schultern, als wollte sie sich dafür entschuldigen. Auch ihr schien die Situation nicht zu passen. »Wir haben nur leider kein Gästezimmer und im Wohnzimmer...«

Schon kapiert. Darauf hätte ich noch weniger Lust gehabt.

»Schon okay! Machen wir das Beste draus.«

Seufzend griff ich nach meiner Tasche und räumte den Inhalt in den Schrank. Nach wenigen Minuten waren meine Klamotten verstaut und Marianne und ich sahen uns verlegen an. Keine sagte ein Wort. Allmählich wurde es echt peinlich, ich räusperte mich.

»Willst du mir vielleicht den Rest des Hauses zeigen?«

Dankbar nickte sie und ging voraus.

»Hör auf! Ich kann nicht mehr!« Ich hielt mir den Bauch vor Lachen. Doch Marianne dachte gar nicht daran. Erneut begann sie, Oma Irma zu imitieren und das nahezu perfekt, woraufhin wir erneut einen Lachkrampf bekamen. Nach Luft ringend lagen wir auf ihrem Bett.

»Bitte, verschone mich«, japste ich, nachdem ich mich wieder etwas beruhigt hatte. So viel wie in den letzten beiden Stunden hatte ich im ganzen letzten Jahr nicht gelacht. Hätte mir das jemand heute Morgen gesagt, ich hätte ihm einen Vogel gezeigt.

Dabei hatte alles wenig vielversprechend begonnen: Wie ein Makler hatte mich Marianne durch das Haus geführt. Badezimmer, Büro, Schlafzimmer ... Und dann kamen wir im Erdgeschoss an, wo Werner in der Küche stand und telefonierte. Auf seinem weißen Hemd hatten sich Schweißflecken gebildet und er tupfte sich mit einem Taschentuch die Stirn ab. Sein Kopf leuchtete wie eine Tomate. In diesem Moment rutschte das Telefon, das er zwischen Ohr und Schulter geklemmt hatte, herunter. Zum Totlachen.

Marianne und ich sahen uns an und lachten zeitgleich los. Werner drehte sich um und funkelte uns wütend an. »Sorry, ich hab Marianne gerade von meiner Lehrerin erzählt«, log ich und schnappte mir Mariannes Arm. Ohne seine Antwort abzuwarten, rannten wir lachend nach oben. Das Eis war gebrochen und seitdem waren wir nur noch am Lachen.

»Erinnerst du dich noch an die Sache mit der Schokolade?«, fragte ich.

Einen Moment überlegte sie. »Meinst du die Schoko-Eier?«

Ich nickte. »Oh Mann, deine Mutter war so sauer. Ihren Gesichtsausdruck werde ich nie vergessen.«

Marianne zog ihre Stirn kraus und den Mund zu einer Schnute. Augenblicklich kam der Lachanfall zurück. »Dabei wollten wir den Leuten nur eine Freude machen. Woher sollten wir wissen, dass es an dem Sonntag so heiß werden würde, dass die Schokolade in den Briefkästen schmilzt.«

»Kinder, man steckt keine Schokolade in fremde Briefkästen und schon gar nicht morgens um sieben Uhr, wenn sogar der liebe Gott noch schläft«, ahmte sie Frau Schöller nach, die sich mittags beschwert hatte, weil ihre Sonntagszeitung klebte.

»Weißt du, wie froh ich bin, dass du wieder du bist, und nicht so schräg drauf wie beim letzten Mal?«, rutschte es mir heraus.

Marianne richtete sich auf und sah mich an. Es war schwer, ihren Blick zu deuten.

»Wie meinst du das? Warum war ich letztes Mal schräg?«

»Na ja«, druckste ich herum. »Als du das letzte Mal bei uns warst, da warst du total komisch.«

Noch immer schien sie zu überlegen.

»Vor drei Jahren … Du warst in den Ferien bei uns. Egal was ich machen wollte, du hattest keine Lust. Du warst …«, kurz überlegte ich, »total anders. Richtig langweilig und doof, wenn ich ehrlich bin. Deswegen wollte ich auch gar nicht herkommen. Ich dachte, du bist immer noch so.«

Ihr Gesicht verdunkelte sich. »Ich war nicht doof.«

»Na ja, vielleicht nicht doof, aber auf jeden Fall anders. Erinnerst du dich noch an den Spielplatz, wo du …«

»Ja und?«, fauchte sie mich an. »Ich war halt traurig! Wie würdest du dich denn fühlen, wenn dein Vater von einem Tag auf den anderen seine Sachen packt und abhaut?« Sie funkelte mich richtig giftig an, ehe sie leise fortfuhr. »Hast du in der Zeit *einmal* gefragt, wie es mir geht? Warum ich so traurig bin? Nein, hast du nicht. Kein einziges Mal in den 14 Tagen. Dabei hätte ich eine Freundin gebraucht, die mich einfach mal in den Arm nimmt.«

Das saß. Sofort fühlte ich mich schuldig und hätte mir am liebsten selbst in den Hintern getreten.

»Das wusste ich nicht.« Versöhnlich legte ich den Arm um sie. Ihre Anspannung fiel ab und ihre Schultern bebten.

»Meine Mutter wollte nicht, dass ich das alles mitbekomme, deshalb hat sie mich zu euch geschickt. Aber ich wusste es – ich hab ihn gesehen und gehört. Papa ist nicht einfach nur abgehauen. Ich weiß nicht mehr, wann es anfing, aber sie haben sich jede Nacht gestritten. Bevor er gegangen ist, sagte er zu Mama, dass Kinder einfach lästig seien und er nie eins haben wollte. Plötzlich hatte ich Angst, dass Mama mich auch nicht wollte. Deswegen habe ich es gehasst bei euch zu sein. Ich wollte nur noch zurück zu meiner Mama. Und als sie mich dann abholte, dachte ich, wenn ich artig bin, ihr Arbeit abnehme und gute Noten schreibe, findet sie mich nicht lästig. Und irgendwo hatte ich gehofft, dass Papa dann zurückkommt. Zumindest die ersten Jahre, bis mir klar wurde, dass er das damals im Streit gesagt hat. Inzwischen haben wir wieder Kontakt, wenn auch nur ab und zu. Er lebt jetzt in München, zusammen mit seiner neuen Frau und seinen anderen Kindern, Zwillingen. Tja, und Mama hat jetzt diesen Idioten.«

Ich öffnete den Mund, um etwas zu sagen, als es im Zimmer klingelte. Irritiert blickte ich mich um.

»Das ist meine Mutter«, erklärte Marianne, die sich schnell mit dem Handrücken die Tränen wegwischte. »Hier oben höre ich sie nicht immer rufen, wenn die Tür geschlossen ist. Deswegen habe ich eine Klingel. Wahrscheinlich gibt es Abendbrot.«

Sie stand auf und ging zur Tür, aber ich merkte, dass ich etwas sagen musste. Ihr ganzes Verhalten ergab mit einem Mal Sinn.

»Marianne, es tut mir leid«, sage ich. »Wenn ich es gewusst hätte, dann ...«

»Ach Quatsch, ist schon okay. Ich war damals echt komisch!« Sie versuchte zu lächeln.

Trotzdem ärgerte ich mich darüber, dass ich damals nicht mal gefragt hatte, ob sie etwas bedrückte oder ob etwas nicht stimmte.

»Los, lass uns runtergehen, Werner mag es nicht, wenn ich Mama warten lasse.«

Völlig überraschend stand Werner unten an der Treppe. Er hatte die Hände hinter dem Rücken verschränkt.

»Na, ihr zwei Hübschen. Wie wäre es, wenn wir heute Abend grillen?«, sagte er und holte eine dicke Lederbörse hinter seinem Rücken hervor. »Seid doch so lieb und geht rüber zum Supermarkt. Steak, Frikadellen, Spieße, Salat – Marianne, du weißt ja, was deine Mutter und ich gerne essen.«

Er holte zwei 50-Euro-Scheine heraus und drückte sie Marianne samt Einkaufskorb in die Hand. Dabei grinste er total dümmlich und selbstgefällig. Kein Wunder, dass Marianne ihn als Idioten bezeichnete. Wir beeilten uns, nach draußen zu kommen.

Mit einem Korb, der sich immer mehr füllte, liefen wir durch den Supermarkt, der nur fünf Minuten vom Haus entfernt war. Wieder ein Punkt, um den ich Marianne etwas beneidete. Wenn Mama und ich einkaufen gingen, dann mussten wir immer viel weiter laufen oder mit dem Auto fahren. Die Preise allerdings schienen mir hier viel höher zu sein als in Hamburg.

»Puh, hier gibt's aber teures Zeugs!«, stellte ich überrascht fest. »Und Mama regte sich schon über die Preise in Hamburg auf!«

Marianne lachte laut los.

»Das ist Feinkost Meyer.« Sie zwinkerte mir zu. »Hier bekommst du jede Menge hochwertige und exklusive Lebensmittel. Die sind natürlich teurer. Aber der Rest ist normal. Vielleicht ein paar Cent Inselaufschlag.« Sie packte eine Salatsauce in den Korb. »Jedenfalls liebt Werner es, hier einzukaufen. Wie pflegt er doch zu sagen? ›Qualität hat seinen Preis. Und schließlich füttert man seinen Motor auch nur mit dem besten Öl. Warum sollte es bei meinem Bauch anders sein?‹« Sie schüttelte belustigt den Kopf und bog in den nächsten Gang ab.

Ich aber stoppte abrupt und starrte ans andere Ende des Ganges. Summend schlenderte uns jemand entgegen. Konnte das sein? Ich packte Marianne am Arm und zog sie ganz dicht zu mir.

»Sag mal, ist das nicht ...?, flüsterte ich in ihr Ohr.

»Mark Medlock?«

Mit viel Mühe gelang mir ein Nicken.

»Jupp. Den siehst du hier öfters. Wohnt auf der Insel.«

»Das hat mir Mama gar nicht erzählt. Sie ist ein Riesenfan von ihm, ich bin praktisch mit ihm aufgewachsen. Sie sammelt alles über ihn«, raunte ich ihr zu.

Inzwischen ging er an uns vorbei. Einen Moment hielt ich die Luft an, während mein Herz immer schneller schlug. Dann drehte ich mich um.

»Ha ... hallo«, stotterte ich.

Mark Medlock warf einen kurzen Blick über die Schulter. Vielleicht deutete er auch ein kurzes Nicken an. Ganz sicher war ich mir nicht. Bevor ich aber weiter darüber nachdenken konnte, verschwand er schon im nächsten Gang.

»Komm endlich, bevor du noch anfängst zu sabbern!« Marianne riss mich aus meiner Starre und zog mich in Richtung Kasse.

»Wie cool ist das denn? In Hamburg habe ich noch nie einen echten Star getroffen.« Ich grinste wie ein Honigkuchenpferd. O Mann, mein erster Promi! Ich ärgerte mich nur darüber, dass ich mein Handy vergessen hatte, und schwor mir, dass das nie wieder passieren würde.

»Willkommen auf Sylt, der Promihochburg!« Marianne schüttelte den Kopf, als diese Tatsache mein Grinsen noch eine Spur breiter werden ließ.

»Essen!«, rief Tante Linda uns gedämpft von unten zu, nachdem sie erst nach uns geklingelt hatte und wir schon auf der Treppe waren. Jetzt erst merkte ich, was ich für einen Kohldampf hatte. Seit unserem Einkauf waren schon wieder zwei Stunden vergangen und inzwischen war es 20 Uhr. So spät aßen wir bei uns zuhause nie. Als wir in den Garten kamen, saß Werner schon am Tisch. Sein Teller war voll beladen und er stopfte sich gerade ein Stück Fleisch in den Mund, obwohl wir anderen noch gar nicht saßen.

Schweigend setzten wir uns hin und begannen ebenfalls zu essen. Da niemand redete, konnte man es ganz deutlich hören: Werner schmatzte. Und wie! Warum war mir das heute beim Kuchen nicht schon aufgefallen? Ich musste mir das Lachen verkneifen und stupste Marianne unter dem Tisch an. Das entging Tante Linda nicht, sie räusperte sich und fragte mich: »Und? Wie gefällt es dir denn bisher?« Sie sprach lauter als nötig. Ganz klar, auch ihr war das Geschmatze peinlich.

Bevor ich antworten konnte, mischte sich Werner ein.

»Dasch schieht man doch!« Er schmatzte und redete mit vollem Mund. Wie war das vorhin noch gewesen? Ich hatte Mühe, ernst zu bleiben. Dieser Mann war eine echte Witzfigur.

Ich sah Marianne an, die stumm auf ihren Teller starrte und versuchte, eine Nudel mit der Gabel aufzupicken.

»Mir gefällt es sehr gut«, erwiderte ich, nachdem ich hinuntergeschluckt hatte. »Ich habe heute so viel gelacht wie schon lange nicht mehr.«

Dabei sah ich Werner an und setzte ein besonders breites Grinsen auf. Es dauerte eine Sekunde, dann verschluckte sich Werner und lief prompt rot an. Es folgte ein Hustenanfall. Einer von der Sorte, die kein Ende finden wollten. Nicht mal, als Tante Linda ihm kräftig auf den Rücken klopfte. Erst als die Nudel im hohen Bogen auf seinem Teller landete, kehrte Ruhe ein. Damit war für Werner das Essen beendet. Wie schon am Nachmittag wischte er sich den Mund mit der Serviette ab und murmelte etwas von einer wichtigen E-Mail. Meine Mutter hätte ihm was erzählt. Bei uns zuhause wurde immer gewartet, bis alle am Tisch fertig waren. Was zwar im Normalfall nur meine Mutter bedeutete, aber die Regel galt auch, wenn Besuch kam. Heute Nachmittag hatte ich dafür ja noch Verständnis, aber jetzt schon wieder? Ganz klarer Fall von schlecht erzogen.

4

Falscher Fuffziger

Ein lautes Gepolter auf der Treppe weckte mich. Im Halbschlaf rieb ich mir die Augen.

»Mama?«, fragte ich. Es dauerte einen Moment, bis ich wusste, wo ich war. Im nächsten Moment wurde die Zimmertür aufgerissen.

»Was …?«, murmelte Marianne verschlafen.

Das Deckenlicht flammte auf und blendete mich, sodass ich rasch wieder die Augen schloss.

»NEIN! Ich beruhige mich nicht!«

Ich erkannte Werners Stimme und öffnete blinzelnd die Augen, während ich mich fragte, wie spät es war und warum er uns weckte? Sein Gesicht war wutverzerrt und knallrot. Wäre ich nicht gerade vollkommen verwirrt gewesen, hätte mich der Anblick königlich amüsiert. So beobachtete ich nur, wie er seine Hände in die Hüften stemmte und dabei laut schnaufte.

Tante Linda, die nun hinter ihm auftauchte, legte die Hand auf seine Schulter.

»Ich bin mir sicher, dass es nur ein Missverständnis ist. Lass es uns bitte morgen früh in Ruhe klären«, redete sie auf ihn ein, aber Werner schien von der Vorstellung nicht gerade begeistert zu sein.

Er schüttelte ihre Hand von seiner Schulter und knurrte: »Deine missratene Tochter beklaut mich und du sagst, ich soll mich beruhigen!« Inzwischen hatte sich sein Gesicht krebsrot gefärbt.

»Wo ist mein Geld?!« Er stierte in Mariannes Richtung. Mein Blick wanderte von Werner zu meiner Cousine, die wie ein Häufchen Elend zusammengekauert auf ihrem Bett saß.

»Ha, dann wollen wir doch mal schauen!« Er ging zum Schreibtisch und begann, meinen Rucksack zu durchwühlen.

»Hey, was soll das!«, rief ich wütend.

Ehe ich weiterreden konnte, öffnete er meine Geldbörse und zog einen 50-Euro-Schein heraus.

»Hab ich es doch gesagt!«, grunzte er. »Mein Geld. Aber das werte Fräulein ...«

Noch ehe er zu Ende gesprochen hatte, sprang ich von meiner Matratze auf und riss ihm den Schein aus der Hand.

»Finger weg!«, sagte ich mit ruhiger Stimme, obwohl ich innerlich kochte. Hoffentlich hörte er nicht, wie laut mein Herz pochte. »Ich weiß nicht, was Ihnen Ihre Mutter beigebracht hat, aber meine hat mir beigebracht, nicht an die Sachen von anderen zu gehen.«

Er bedachte mich mit einem bösen Blick, bei dem mir ganz mulmig zumute wurde.

»Ich hole mir nur das zurück, was deine liebenswerte Cousine mir vorhin geklaut hat.«

Ehe ich wusste, wie mir geschah, nahm er mir das Geld wieder ab, hob den Schein hoch und grinste triumphierend. Dann drehte er sich zu Tante Linda um und zeigte ihr den Schein. Sie war ganz weiß um die Nase herum und wusste augenscheinlich nicht, was sie glauben sollte.

Ich wusste es umso besser. Dem würde gleich sein dämliches Grinsen vergehen. So viel war klar.

»Ähmm«, meinte ich und zupfte den Schein aus seiner Hand hervor, »und was wollen Sie dann bitte mit *meinem* Geld? Die ...«, ich deutete auf die Geldbörse, aus dem der Schein stammte, »gehört mir. Und der Schein ist ein Geschenk meiner Mutter. Ich bin sicher ...«

Weiter kam ich nicht, denn der Trampel schob mich einfach zur Seite. Er baute sich drohend vor Marianne auf. »Wo hast du mein Geld?! Ich schwöre …!«

»Ich … ich … habe dir dein Geld …«

»Die paar Kröten. Du hast mir Klimpergeld wiedergegeben. Ich rede von richtigem Geld. Es fehlen 50 Euro! Ich habe euch drei Scheine gegeben. Beim ersten Mal habe ich nichts gesagt, aber das ist nun schon das zweite Mal, dass du mir zu wenig Geld zurückgibst. Ich dulde keine Diebin in meinem Haus.«

»Aber …«, Marianne sah hilfesuchend zu mir.

Ich runzelte die Stirn und versuchte, mir den Moment ins Gedächtnis zu rufen. Lange brauchte ich nicht überlegen, denn mir war sofort klar, dass Werner log. Nur warum, das wollte mir einfach nicht in den Kopf. Mein Blick fiel wieder auf Marianne, die total blass geworden war und verängstigt dreinschaute. Ehe ich wusste, was ich tat, tippte ich Werner auf die Schulter.

»Ich stand daneben und Sie haben Marianne zwei 50-Euro-Scheine gegeben«, sagte ich bestimmt. »Das weiß ich ganz genau, weil ich Marianne noch gefragt habe, warum sie so viel Geld zum Einkaufen bekommt.«

Für einen winzigen Augenblick erstarrte Werner, dann drehte er sich zu mir um und seine Augen sprühten vor Hass. »Willst du behaupten, dass ich lüge?«

Spucketropfen flogen aus seinem Mund. Angewidert ging ich einen Schritt nach hinten.

»Das habe ich nicht gesagt, nur, dass Sie uns definitiv keine 150 Euro gegeben haben. Vielleicht haben Sie das Geld ja woanders ausgegeben.«

Anscheinend hatte ich ins Schwarze getroffen, denn er verzog seine Lippen zu einem Strich. Ohne ein Wort zu sagen, stürmte er zur Tür, rempelte Tante Linda an und polterte die Treppe nach unten.

»Es ...«, Mariannes Mutter suchte nach den richtigen Worten. »Es tut mir leid. Werner ist sonst nicht so ... Wir reden morgen weiter ...« Sie blickte zur Treppe. »Es tut mir leid, dass er euch geweckt hat ... Schlaft gut.« Mit einem leisen Klicken schloss sie die Tür.

»Was war das denn?«, sagte ich mehr zu mir selbst und bemerkte, wie angespannt ich war. Mein Herz galoppierte und das Blut rauschte in meinen Ohren. Noch immer verwirrt, machte ich das Licht aus und tapste zu meiner Matratze zurück.

»Ist der immer so?«, fragte ich nach einiger Zeit.

»Meistens«, antwortete Marianne.

Ein kleiner Schluchzer verriet mir, dass sie weinte. Obwohl ich gerne nachgehakt hätte, merkte ich, dass es besser war, einfach den Mund zu halten. Stattdessen schnappte ich mir kurzerhand mein Kissen und meine Decke und legte mich zu Marianne ins Bett. Wie Mama sonst bei mir, streichelte ich ihr über den Kopf, bis ihre Atemzüge gleichmäßiger gingen.

»Marianne?« – Keine Antwort.

In den nächsten beiden Tagen versuchte ich, Marianne immer wieder darauf anzusprechen, aber sie winkte nur ab. Auch meine Tante und Werner erwähnten den Vorfall nicht mehr. Anscheinend wurden solche Dinge lieber unter den Teppich gekehrt. Irgendwann gab ich auf. Was mir dank des Bilderbuchwetters nicht schwer fiel. Ich dachte schon gar nicht mehr daran, bis Werner uns am Sonntag nach einem Strandausflug zum Essen in ein Lokal einlud.

Die Sonne ging bereits unter und es wurde merklich kühler. Tante Linda und Werner saßen entspannt in den Gartenstühlen und unterhielten sich bei einem Glas Rotwein. So langsam machte sich Müdigkeit in mir breit. Es stimmte, Seeluft macht nicht nur hungrig, sondern auch müde. Ich gähnte herzhaft. Der Kellner der *Vogelkoje List* trat an unseren Tisch und räumte die Teller ab.

»Komm«, sagte ich zu Marianne, »lass uns noch mal das Klettergerüst unsicher machen. Sonst schlaf ich ein.«

Ich wartete erst gar nicht ihre Antwort ab, sondern lief zum Spielturm. Ein Restaurant mit Spielplatz, das gab es in Hamburg nicht. Einfach cool. Zum Glück fühlte sich Marianne dafür noch nicht zu alt. Wenn ich da an einige Idioten aus meiner Klasse dachte, die schon heimlich rauchten und nur an ihren Smartphones hingen, um Selfies zu posten … Ich rutschte runter und rannte gleich wieder zur Balkentreppe. In diesem Moment tippte mich Marianne von hinten an. »Tick! Du bist!« Schon lief sie weg.

»Na warte, ich krieg dich!«, rief ich ihr zu und sprintete hinter ihr her.

Nach einer Weile rief uns Tante Linda und winkte uns zum Tisch. »Austrinken, dann wollen wir«, verkündete sie, als wir völlig außer Atem am Tisch ankamen.

In diesem Moment kam der Kellner zurück und legte die Rechnung auf den Tisch. Sogleich griff Werner danach und warf einen kurzen Blick drauf.

»Wenn das so weitergeht, habe ich am Ende des Sommers keine Haare mehr«, scherzte er.

Genervt rollte ich mit den Augen und trank den letzten Schluck meiner Spezi. Irgendwie war ich froh, dass nicht Mama diesen Spinner angeschleppt hatte.

Sein Räuspern riss mich aus meinen Gedanken. Über den Rand des Glases sah ich, dass er hektisch in seinen Jackett-Taschen wühlte. »Wo ...?« Wie von der Tarantel gestochen sprang er auf. Sämtliche Farbe wich aus seinem Gesicht. Noch einmal tastete er alles ab. »Linda«, murmelte er. »Ich ... ich glaube, ich habe mein Portemonnaie verloren.« Mit vor Panik weit aufgerissen Augen schaute er unter den Tisch, lief wie ein aufgescheuchtes Huhn zur Pforte und zurück. Dabei hielt er sich mit seinen wurstigen Fingern den Kopf. Ein Bild für die Götter. Prompt verschluckte ich mich an meinem Rest. Marianne schlug mir kräftig auf den Rücken, als ich wild anfing zu husten.

»Findest du das etwa lustig?«, keifte mich Werner an. »Meine Karten, mein Geld, mein Ausweis – alles weg.«

Ich wollte was sagen, musste aber schon wieder husten. Bei seinem vor Wut verzerrten Gesicht hätte wohl jeder seine Schwierigkeiten gehabt, ernst zu bleiben.

Werner fixierte mich einen Augenblick, dann verfinsterte sich sein Gesicht. Er kniff die Lippen zu einem dünnen Strich zusammen. »Oder ...«, zischte er fragend. Mit drei großen Schritten ging er um den Tisch herum und baute sich vor mir auf. »Oder hast du etwa mit Marianne ...«

»Jetzt reicht es aber!«, mischte sich Tante Linda ein. Sie ging auf Werner zu und begann, leise auf ihn einzureden. »Sie hat sich nur verschluckt und ich bin sicher, niemand hat dir deine Sachen gestohlen. Bist du sicher, dass du das Portemonnaie nicht zuhause vergessen hast? Oder vielleicht ist es dir im Auto aus der Tasche gefallen?«

Der Kellner war aus dem Restaurant getreten und beobachtete die Szene, genau wie wir. Ich knuffte Marianne in die Seite.

»Guck mal, der Kellner schaut schon rüber. Was meinst du, müssen wir gleich spülen?«, raunte ich ihr im Spaß zu, aber Mariannes Gesicht verdüsterte sich bei dem Gedanken. Ihre Antwort war nur ein Flüstern. »Würde mich bei Werner nicht wundern.«

Gerade wollte ich nachfragen, was sie damit meinte, als der Kellner sich zu uns gesellte. Anscheinend hatte er Angst, dass wir einfach abhauten, wenn er wieder verschwand.

»Gibt es ein Problem?«, fragte er.

Werner öffnete den Mund, aber Mariannes Mutter fuhr ihm ins Wort. Man sah ihr deutlich an, dass ihr das alles total peinlich war.

»Nein, es gibt kein Problem. Mein Lebensgefährte hat nur sein Portemonnaie im Auto vergessen.«

Ich konnte mir das Grinsen nicht verkneifen. Werner sah aus wie ein Fisch an Land, der nach Luft schnappte.

»Aber ... Das ...«

Tante Linda ignorierte ihn und ging zurück zum Tisch, wo ihre Handtasche über der Stuhllehne hing.

»Kann ich mit Karte zahlen?«, fragte sie den Kellner. Der nickte und deutete an, dass sie ihm ins Gebäude folgen sollte.

»Bin gleich wieder zurück.«

Sie lächelte uns zu, aber es war nur ein aufgesetztes Lächeln. Die eben noch ausgelassene Stimmung war verschwunden.

»Es tut mir leid, Honigbärchen!«, rief Werner ihr nach. Honigbärchen? Wer nannte seine Freundin denn bitte Honigbärchen? Ich sah zu Werner, der sich ganz entspannt an den Tisch setzte und sein Glas Wein austrank. Von Panik war nichts mehr zu sehen. Im Gegenteil. War das nicht gerade ein zufriedenes Lächeln gewesen, das über sein Gesicht gehuscht war? Das konnte nicht sein. Ich musste es mir eingebildet haben, oder doch nicht? Unsere Blicke. trafen sich – und da war wieder der zerknirschte Ausdruck.

»War ja klar«, presste Marianne zwischen den Zähnen hervor und stapfte mit beiden Händen in den Hosentaschen zum Auto. Verwirrt lief ich ihr nach.

»Was ist denn jetzt mit dir los?«, fragte ich sie, als ich sie beim Auto eingeholt hatte.

»Nichts. Lass mich einfach, ich muss nachdenken.« Als sie meinen Blick auffing, schenkte sie mir ein zögerndes Lächeln. »Ich erkläre es dir. Nur nicht jetzt«, raunte sie mir zu, denn in diesem Augenblick kamen Tante Linda und Werner auf uns zu.

Zuhause schwieg Marianne beharrlich, selbst als wir später im Bett lagen. Ich musste eingeschlafen sein, denn als ich meine Augen öffnete, war es stockfinster. Irgendetwas hatte mich geweckt. Ich richtete mich auf, hielt den Atem an und lauschte in die Dunkelheit. Absolute Stille. Vielleicht hatte ich es nur geträumt. Allmählich gewöhnten sich meine Augen an die Dunkelheit. Gerade wollte ich mich wieder hinlegen, als mein Blick auf Mariannes Bett fiel. Es war leer. Ich sah zur Tür. War sie nach unten gegangen, um aufs Klo zu gehen? Aber warum schien dann kein Licht unter der Tür durch? Irgendetwas ging hier vor und ich wollte wissen, was. So leise wie möglich stand ich auf, öffnete die angelehnte Tür und setzte den ersten Fuß auf die Treppe. Da sah ich Marianne. Sie hockte vor der Tür zu Tante Lindas Büro und guckte durch das Schlüsselloch. Geräuschlos schlich ich nach unten. Einen Moment beobachtete ich sie, ehe ich mich räusperte. Erschrocken fuhr sie herum.

»Was machst du da?«, fragte ich leise.

Ihre Augen weiteten sich und sie legte ihren Finger auf die Lippen. Stumm nickte sie in Richtung Tür.

Meine Neugierde war geweckt. Ich schlich die letzten Stufen nach unten. Und dann machte ich das Gleiche. Ich guckte durch das Schlüsselloch und diesmal war ich es, die einen Satz nach hinten machte. Mein Herz raste, während ich noch deutlich das Bild vor Augen hatte. Neben dem Schreibtisch saß jemand im fahlen Mondlicht auf dem Boden und kramte in den Schubladen.

Warum blieb Marianne nur so ruhig? Meine Gedanken überschlugen sich regelrecht. »Wir müssen deine Mutter wecken! Nein, wir sollten direkt die Polizei anrufen!«, flüsterte ich aufgeregt. Noch während ich sprach, überlegte ich, wo sich das Telefon befand. In diesem Moment hörte ich, wie drinnen eine Schublade geschlossen wurde. Uns blieb keine Zeit. Ich sprang auf und spürte, wie mich Marianne am Saum meines Shirts festhielt. Sie schüttelte angsterfüllt den Kopf und bedeutete mir, ihr nach oben zu folgen.

»Spinnst du?«, wehrte ich mich, aber sie hatte mich schon losgelassen und sprintete nach oben. Bevor ich noch weiter darüber nachdenken konnte, was mit ihr nicht stimmte, hörte ich, wie die Tür aufging und sah aus den Augenwinkeln, wie Marianne ihrerseits die Tür oben schloss. Jeder Muskel in meinen Körper erstarrte. Ich war sogar unfähig zu atmen. Der Einbrecher kam mit dem Rücken zu mir heraus. Gleich würde er sich umdrehen und mich sehen. Und wenn nicht, lief er direkt in mich hinein. Die nächste Sekunde lief wie in einem Film ab. Ich wollte schreien, brachte aber keinen Ton heraus. Ich erstarrte zur Salzsäule, obwohl jede Faser in mir schrie: Lauf! Das Blut rauschte in meinen Ohren und mein Herz wummerte.

Ich stellte mir vor, wie die Polizei meiner Mutter mitteilte, dass ich einem Einbrecher zum Opfer wäre. Hätte ich doch nur auf meine Mutter gehört und diesen dämlichen Selbstverteidigungskurs belegt. Jetzt musste ich dran glauben, weil Charlotte und ich keine Lust gehabt hatten, an vier Nachmittagen in der muffigen Sporthalle zu hocken. In diesem Moment verzog sich eine Wolke und das Mondlicht kam zurück. Dadurch konnte ich mehr als nur die undeutlichen Umrisse des Einbrechers erkennen: Werner. Der Einbrecher war Werner. Für eine Millisekunde war ich erleichtert und verstand, warum Marianne so gelassen geblieben war. Doch dann begannen meine Gedanken wieder Achterbahn zu fahren. Warum durchwühlte er mitten in der Nacht den Schreibtisch von Tante Linda? Warum machte er sich kein Licht an, wenn er etwas suchte?

Ehe ich überhaupt eine logische Erklärung finden konnte, drehte er sich um. Wie schon Marianne zuvor, fuhr er erschrocken zusammen und sah aus wie der Nachbarsjunge, den ich beim Babysitten mit der Hand in der Keksdose erwischt hatte. Im nächsten Moment ging er zum Angriff über.

»Spionierst du mir nach?!« Er kniff die Augen zusammen und sein kalter Blick ließ mir das Blut in den Adern gefrieren.

»Nein! Äh ... Ich hab vorhin so viel getrunken und ... äh, wollte aufs Klo.« Ich deutete auf die Badezimmertür und hoffte, dass er nicht bemerkte, wie sehr mein Finger zitterte.

»Ohne Licht?«, erwiderte er misstrauisch.

»Ich hab ... hab vergessen, wo der Lichtschalter ist«, stotterte ich und hoffte, dass er mir die Ausrede abkaufte. Werner starrte mich an und beugte sich dann vor. Sein Atem stank muffig. Trotzdem gelang es mir nicht, mein Gesicht wegzudrehen. Stattdessen fühlte sich mein Hals plötzlich wie ausgetrocknet an.

»Darf ich ... aufs Klo? Sonst mach ich mir gleich in die Hose«, krächzte ich und begann nervös herumzutänzeln.

Werner funkelte mich wütend an und streckte seinen Arm nach mir aus. Meine Knie zitterten. Aber seine Hand glitt an meinem Gesicht vorbei. Dann ging schlagartig das Licht an. Verwirrt blinzelte ich. Es dauerte einige Sekunden, bis sich meine Augen an die Helligkeit gewöhnt hatten.

»Mit Licht geht es besser«, sagte er sarkastisch und drängte sich an mir vorbei zum Schlafzimmer. Doch dann blieb er stehen, als hätte er doch noch etwas vergessen.

»Falls du noch was trinken willst«, sagte er und deutete vage in Richtung Büro, »da steht Mineralwasser auf dem Schreibtisch.«

Dann stand ich alleine im Flur. Mit zittrigen Knien ging ich ins Badezimmer, wartete ein paar Minuten, ehe ich die Klospülung drückte und dann leise nach oben ging.

Oben herrschte völlige Stille. Ich schlich zu meiner Matratze und konnte nicht glauben, dass Marianne wirklich schlief. Argwöhnisch beobachtete ich, wie sich ihr Brustkorb gleichmäßig hob und senkte. Konnte es möglich sein, dass …?

Da, ihre Augenlider flatterten. Ha, wusste ich es doch! Sie war noch nie eine gute Schauspielerin gewesen.

»Verrätst du mir jetzt, was hier überhaupt los ist?«, fragte ich und ließ mich auf ihre Bettkante plumpsen. »Warum geht Werner mitten in der Nacht in Tante Lindas Büro und schaltet das Licht nicht an? Und warum spionierst du ihm nach? Hier stimmt doch ganz gewaltig was nicht. Los, jetzt red schon!«

Ich wartete geduldig, aber von Marianne kam kein einziger Ton. Trotzig presste ich die Lippen zusammen. Wenn sie nicht reden wollte, dann würde ich zu drastischeren Maßnahmen greifen müssen.

»Eine schöne Freundin bist du«, meckerte ich. »Bis Morgen gebe ich dir Zeit, sonst frage ich deine Mutter, was hier los ist.«

Ich schnaubte verächtlich und legte mich wieder hin. Nach all der Aufregung lag ich noch lange wach und versuchte, eine logische Erklärung für das ganze zu finden.

5

Werner hört mit

Nachdem ich doch irgendwann eingeschlafen war, wachte ich spät auf. Ein kurzer Blick auf Mariannes Bett verriet mir, dass sie schon aufgestanden war. Verdammt, dabei hatte ich mir vorgenommen, sie nicht gehen zu lassen, bevor ich eine Antwort erhalten hatte.

Hastig stand ich auf, schlüpfte in meine Sachen und rannte nach unten. In der Küche fand ich Marianne, die über eine Schüssel Cornflakes gebeugt saß. Sie blickte auf und begann, merkwürdig mit den Augen zu klimpern. Was sollte denn das jetzt schon wieder? Im Grunde war es mir aber auch egal. Diesmal musste sie mir die Sache erklären.

»Letzte Chance!«, sagte ich.

»Guten Morgen!«, ertönte Werners Stimme aus dem Wohnzimmer. Erschrocken fuhr ich herum. Er saß an seinem Laptop und starrte mich an. An ihn hatte ich gar nicht gedacht. Jetzt ergab auch das Zwinkern einen Sinn. Marianne hatte mich warnen wollen.

Meine Wangen wurden warm. »Äh, guten Morgen«, erwiderte ich und setzte mich zu Marianne an den Tisch. »Letzte Chance. Weißt du die Lösung?«, sagte ich und versuchte damit die Situation zu retten, denn noch immer sah Werner interessiert in unsere Richtung. Kopfschüttelnd schob sie mir Milch und Cornflakes zu.

»Äh – der Schweiß«, teilte ich ihr mit. »Der Schweiß tritt uns ungestraft ins Gesicht.«

»Stimmt. Logisch. Wie auch immer. Mama ist schon im Laden. Montags ist immer viel zu tun. Da kommen neue Urlauber und die Gäste, die abreisen, bringen ihre Fahrräder zurück«, erklärte sie mir. Ich füllte mir eine Schüssel mit Cornflakes und Milch und begann zu essen.

»Ich hab Zeit«, ließ ich ganz beiläufig fallen. Sie sollte nicht denken, dass sie so leicht aus der Sache herauskam. Zufrieden stellte ich fest, dass sich Marianne bei den Worten verschluckte. Geschah ihr ganz recht, so doof, wie sie war. Nachdem sie sich beruhigt hatte, hörte ich, dass Werner eifrig auf seiner Tastatur herumtippte. Trotzdem fühlte ich mich beobachtet und war froh, als Marianne aufstand und das Frühstück wegräumte.

»So, und jetzt will ich wissen, was zum Teufel hier los ist!«, befahl ich Marianne, als wir oben in ihrem Zimmer angekommen waren. »Ich hab ein Recht darauf. Immerhin ...«

Panisch legte sie den Finger an ihre Lippen. »Psst!«

Ich verschränkte die Arme und zog die Stirn in Falten. »Ich ...«, setzte ich leiser an, doch Marianne fiel mir prompt ins Wort: »Worauf hast du heute Lust?«, plapperte sie in einem fröhlichen Ton, der so gar nicht passte und mich im ersten Moment irritierte.

»Ähm, ich weiß nicht. Du kennst dich doch besser aus«, antwortete ich. Verwundert beobachtete ich, wie Marianne auf Zehenspitzen zur Tür schlich und durch das Schlüsselloch schaute.

»So gar keine Idee?«, meinte sie nebenbei und winkte mich, ohne sich dabei abzuwenden, zu sich. Jetzt ging das schon wieder los. Ich seufzte und tat, um was sie mich bat. Ich sah die Treppe. »Was ...?« Ich schlug mir die Hand vor den Mund. Noch einmal schaute ich durch das Schlüsselloch. Diesmal aus einem anderen Winkel. Tatsächlich: Unten an der Treppe stand Werner und starrte nach oben. Belauschte er Marianne und mich etwa?

Mit einem Mal war mein Hals wie zugeschnürt. Das gefiel mir ganz und gar nicht. Ich wünschte mich nach Hause in mein Zimmer. Ich zuckte zusammen, als Marianne mich an der Schulter berührte.

»Wollen wir auf den Spielplatz oder an den Strand? Ich kann Mama auch fragen, ob wir uns ein Eis holen können«, sagte sie betont laut.

»Eis?« Wie konnte sie jetzt an Eis denken?

Sie tippte mich an und gab mir zu verstehen, dass ich ja sagen sollte.

»Äh, Eis klingt gut!«, antwortete ich mit rauer Stimme.

»Gut, hast du alles? Können wir los?«

Sie zeigte wieder auf das Schlüsselloch. Ich konnte gerade noch sehen, wie Werner verschwand. Er hatte uns tatsächlich belauscht. Das war ja unglaublich! Mein Herz pochte stürmisch, als ich mich auf den Boden sinken ließ.

»Die Wände haben Ohren«, flüsterte sie. »Wir reden draußen.« Ich nickte. Zu mehr war ich gerade nicht in der Lage.

Marianne war schon draußen auf der Hofeinfahrt, als mich jemand an der Schulter packte und mich zum Stehenbleiben zwang.

»Alles in Ordnung, Caroline?«

Ich zuckte sichtbar zusammen, als Werners Stimme hinter mir erklang. Sofort raste mein Herz wieder los.

»Äh … ja«, piepste ich und warf ihm über die Schulter ein schwaches Lächeln zu. Aus den Augenwinkeln sah ich, dass Marianne zurückkam.

»Wir wollten gerade zu Mama und sie fragen, ob sie uns Geld für ein Eis geben kann und ob wir an den Strand dürfen«, sagte Marianne schnell.

»Strand?« Werner zog die Stirn kraus. »Papperlapapp. Guck dir Caroline an. Sie zittert wie Espenlaub. Und wie blass sie ist. Lass mich mal fühlen!«

Werner baute sich vor mir auf und versperrte mir den Weg. Dann presste er mir seine verschwitzte Hand auf die Stirn.

»Du wirst doch nicht krank?«

Jemand anderes hätte ihm vielleicht seine besorgte Miene abgekauft. Ich tat es nicht. Nicht, nachdem ich wusste, dass er Marianne und mich belauscht hatte. Bevor ich jedoch etwas sagen konnte, fuhr er fort: »Das gefällt mir ganz und gar nicht. Ich glaube, es ist besser, wenn wir deine Mutter anrufen, damit sie dich abholen kann. Nicht, dass du uns alle noch ansteckst.«

Noch während er sprach, nahm er die Hand von meiner Stirn und legte sie wieder auf meine Schulter. Der Blick, den er mir dabei zuwarf, durchbohrte mich. Ich fröstelte.

Ich wollte nur noch weg. Meine ganze Selbstsicherheit war mit einem Mal verflogen. Ging es Marianne genauso? War sie deshalb in seiner Gegenwart immer so komisch? Ich schluckte erneut.

»Hallo Mama!«, rief Marianne plötzlich.

Werner ließ mich los und drehte sich um.

»Ich hab euch vom Laden aus gesehen. Alles in Ordnung?«

Mariannes Mutter kam mit großen Schritten auf uns zu.

»Mama, Caroline und ich wollen zum Strand und vielleicht ein Eis ...«, begann Marianne, aber Werner würgte sie mitten im Satz ab.

»Liebling, gut, dass du da bist. Du solltest dir Caroline einmal ansehen. Sie sieht überhaupt nicht gut aus. Richtig blass, zittrig und ihre Stirn fühlt sich warm an. Gerade eben hat sie mir gesagt, dass sie krank ist und nach Hause zu ihrer Mutter möchte.«

Wie bitte? Im ersten Moment dachte ich, mich verhört zu haben.

Tante Linda blickte sichtbar irritiert zwischen mir und Werner hin und her. Obwohl ich Werners Gesicht nicht sah, ahnte ich, dass er seinen besorgten Gesichtsausdruck zum Besten gab.

Augenblicklich spürte ich ein Kribbeln im ganzen Körper, mein Herz begann zu rasen und meine Finger zitterten ganz leicht, als ich sie zur Faust ballte. Was glaubte dieser Spinner eigentlich? Ich öffnete den Mund, um zu protestieren, als meine Tante anfing zu lachen. Erst leise, dann immer lauter.

»Kannst du mir verraten, was daran so lustig ist?«, brummte Werner und klang dabei genauso irritiert, wie ich mich fühlte.

»Das hat mich gerade an meine Schwester erinnert«, erklärte Tante Linda glucksend. »In den großen Ferien mussten wir immer zu Oma Hilda aufs Land. Drei, höchstens vier Tage – danach war das Heimweh so stark, dass meine Schwester sich krank stellte. Mal war es Bauchweh, mal Fieber. Und am Ende der Ferien war sie krank, weil sie nicht nach Hause wollte.«

Das klang ganz nach meiner Mutter. Trotz meiner Wut musste ich grinsen.

Das entging meiner Tante nicht: »Na siehst du, so gefällst du mir schon besser.« Sie lächelte mir aufmunternd zu. »Was haltet ihr von Eis und Strand? Und heute Abend reden wir noch einmal darüber, ob du nach Hause willst.«

»Nicht nötig!«, sagte ich hastig. »Ich bleib hier. Eigentlich ist es doch ganz schön auf Sylt.« Noch während ich sprach, warf ich Werner einen verstohlenen Blick zu. Er stand da mit zusammengekniffenem Mund. Geschah diesem Idioten ganz recht. Was bildete er sich eigentlich ein? Hastig fügte ich hinzu: »Und Tante Linda? Kann das unser kleines Geheimnis bleiben? Ich hab Mama versprochen, keinen Ärger zu machen. Sie hat im Laden genug um die Ohren, da braucht sie sich nicht noch zusätzlich Sorgen um mich zu machen.«

»Worüber hatten wir gerade geredet? Hatte ich etwas von Strand und Eis gehört?«, fragte sie und zwinkerte mir verschwörerisch zu.

6

Geheimsache Aal

»Los, du lahme Schnecke!«, rief ich Marianne zu, die ein gutes Stück zurückgefallen war. »Ich weiß doch gar nicht, wo es lang geht.« Die Sonne knallte vom Himmel und vom Meer her wehte eine kräftige Brise.

»Du ... hast ... gut . . reden.« Marianne schnappte keuchend nach Luft. »Fahr du mal gegen den Wind an! Wir können ja tauschen. Du nimmst mein Fahrrad und ich dein E-Bike. Mal sehen, wer dann eine lahme Schnecke ist!«

Beleidigt ließ ich mich zurückfallen. Was konnte ich denn dafür, dass mir Tante Linda ein Fahrrad mit Motor gegeben hatte? Insgeheim war ich jedoch verdammt froh. Nachdem wir beim Kreisverkehr in die lange und gerade Straße Richtung Braderup eingebogen waren, nahm der Gegenwind zu. Für einen winzigen Moment tat mir Marianne leid. Zumindest ein bisschen. Jedoch nicht so viel, als dass ich ihr angeboten hätte zu tauschen. Dafür war ich viel zu unsportlich. Schweigend fuhren wir hintereinander. Ich war froh, so konnte ich in Ruhe über Werner nachdenken. Mit ihm schien gewaltig etwas nicht zu stimmen. So benahm sich niemand. Jedenfalls keiner, der nicht etwas zu verstecken hatte. Weshalb war er so seltsam? Trotz aller Indizien fragte ich mich, ob mir nicht doch meine Fantasie einen Streich spielte. Andererseits sprach so viel dagegen. Zu viel, als dass ich es mir hätte einbilden können. Ich hoffte auf ein paar logische Antworten.

»Erde an Caro! Hast du mir überhaupt zugehört?«, fragte Marianne, die jetzt mit ihrem Fahrrad neben mir fuhr.

»Sorry, ich war in Gedanken«, gab ich zu. »Sind wir da?«

»So gut wie. Ich will da vorne nur kurz was abgeben.«

Marianne hielt vor einem alten, rot angestrichenem Wartehäuschen mit Reetdach. Es war vollgestopft mit welligen Büchern, Kleidung, Schuhen, Porzellan. Aus ihrem Rucksack zog meine Cousine ein Buch heraus und legte es dazu. Ehe ich fragen konnte, fuhr sie schon wieder los. Ich beeilte mich und schloss auf, als wir in eine Seitenstraße einbogen.

»Was war denn das für eine Haltestelle? So was hab ich ja noch nie gesehen!«

»Ach das. Jeder kann was hinlegen oder etwas mitnehmen. Halt eine kleine Fundgrube für Dinge, die andere Menschen nicht mehr brauchen. Erst letztens habe ich dort ein schönes T-Shirt entdeckt. – So, wir sind da!« Marianne hielt vor einer Absperrung und stieg ab. »Ab jetzt geht es zu Fuß weiter.«

»Aber wo ist denn der Strand?«, fragte ich verwirrt. Hier sieht es ja aus wie in der Lüneburger Heide!«

»Tatsächlich ist das hier Dünenheide«, erklärte mir Marianne, »und Naturschutzgebiet. Deshalb sind Fahrräder verboten.« Sie deutete auf ein kleines Schild, auf dem stand: »Keine Fahrräder«.

Und auf einem Wegweister las ich: »Tö Wit Klif«.

Ich stellte mein E-Bike neben Mariannes Rad. Über die Heide hinweg hatte ich einen perfekten Blick auf das glitzernde Wasser, das vor uns in etlicher Entfernung zu sehen war. Ich ging zur Absperrung, stützte mich ab und bewunderte die Nordsee. Sie sah aus wie ein Meer aus Diamanten. Weit draußen kreuzte ein einzelnes Schiff vor dem Festland. Ein paar Vögel zwitscherten, die Luft roch nach Salz und ich glaubte, einen Hauch von Rosen wahrzunehmen. Die Sonne wärmte meine Haut. Ich schloss die Augen und hörte, wie Marianne hinter mir die Fahrräder anschloss.

»Wollen wir?«, fragte sie nach einiger Zeit.

Ich öffnete die Augen.

»Weißt du eigentlich, wie schön du das hier hast? Ich wünschte, wir würden auch hier wohnen.«

»Dann warte mal ab, bis du meine Lieblingsstelle gesehen hast«, antwortete sie lachend und ging voraus.

Am Anfang war der Sandweg durch die Dünen noch eben. Doch schon bald musste ich mich darauf konzentrieren, nicht in Pferdeäpfel zu treten. Die vielen Steine und Furchen erschwerten das Ganze.

»Warum bessert eigentlich niemand die Wege hier aus?«

Ich stolperte und konnte mich gerade noch abfangen.

Marianne grinste. »Wozu? Pass einfach auf, wo du hintrittst. Was meinst du, wie komisch hier asphaltierte Wege aussehen würden? Aber es wird gleich besser.«

Marianne hatte recht. Der Weg passte genau in diese Landschaft.

Ich riss eine Wildrose ab, die am Wegrand wuchs, und zerrieb die Blüte zwischen meinen Fingern. Wie das duftete! Früher hatte meine Mutter oft welche gesammelt und in ihr Badewasser gegeben.

Bald stießen wir auf einen Weg, der mit einigem Abstand am Wasser entlangführte.

»Nur noch über den Steg da vorne, dann sind wir da!«, rief Marianne und lief los.

Lachend rannte ich hinterher und wir polterten über die Holzbohlen, die uns von der Heide an den Strand brachten. Am Ende des Stegs zogen wir unsere Sandalen aus und nahmen sie in die Hand.. Der feine Sand war heiß und brannte unter den Fußsohlen. Marianne war das wohl gewohnt, sie rannte zu ihrem Lieblingsplatz und setzte sich schon mal auf ihr Handtuch. Ich hüpfte hinterher und versuchte, so wenig wie möglich den Boden zu berühren. Als ich sie endlich erreichte, warf ich meine Decke auf den Sand, ließ mich fallen und sah mich um. Außer uns

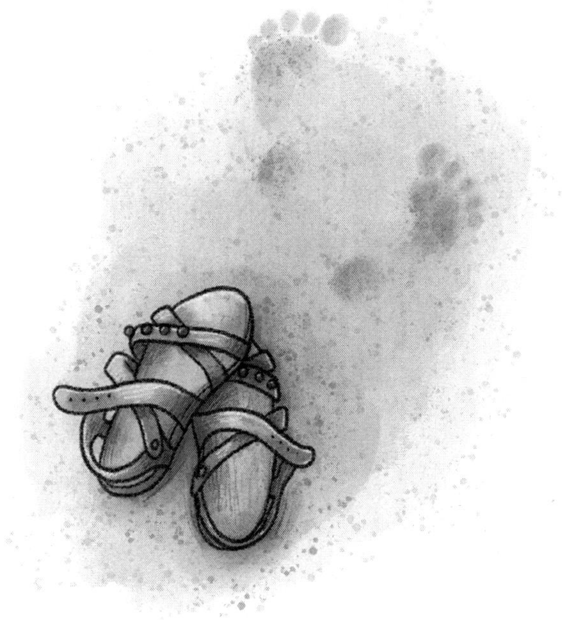

war niemand hier. Das einzige Geräusch war das Rauschen der Wellen. Hinter uns die Dünen, vor uns das Meer. Im Gegensatz zu unserem letzten kurzen Strandbesuch mit Tante Linda vor ein paar Tagen und der steifen Brise von eben, wehte hier nur ein laues Lüftchen. Nicht der Rede wert. Ich hatte das Gefühl, auf einer einsamen Insel gelandet zu sein. Wie herrlich musste es sein, das jeden Tag genießen zu können … Ich seufzte.

»Wollen wir tauschen? Du ziehst mit deiner Mutter nach Hamburg, und ich mit meiner nach Sylt.« Wie genial das wäre, dachte ich und legte den Kopf in den Nacken.

»Wenn ich Werner hierlassen könnte, würde ich jederzeit tauschen«, flüsterte sie.

Damit erwischte sie mich eiskalt. Werner. Für einen Moment hatte ich ihn total vergessen. Ich sah zu Marianne hinüber. Sie hatte ihre Knie angezogen und den Kopf darauf gelegt. Und dann passierte etwas, womit ich gar nicht gerechnet hatte. Marianne fing an zu weinen. Erst stumm, und dann begann sie richtig zu schluchzen. Die Tränen liefen ihr über die Wangen. Sie versuchte nicht einmal, sie abzuwischen. Die ersten tropften auf ihr Handtuch. Die ganze Situation war ziemlich schwierig für mich. Sollte ich sie lassen? Oder lieber in den Arm nehmen? Verdammt, woher wusste Mama immer, was ich in solchen Momenten brauchte? Ich schluckte. Irgendetwas musste ich machen. In Zeitlupe rutschte ich neben sie und legte vorsichtig meinen Arm um ihre Schulter. Mit der anderen Hand zog ich ein Taschentuch aus meinen Shorts und schob es ihr vor die Füße. Sie griff danach und schnäuzte sich geräuschvoll.

»Das ist alle meine Schuld«, begann sie.

Ich blickte sie verständnislos an und wartete, dass sie mir endlich erklärte, was sich hier abspielte. Für mich ergab das alles keinen Sinn. Woran sollte sie schuld sein? Als sie nicht weitersprach, fragte ich schließlich nach.

»Woran bist du schuld?«

»Also, das ist so: Für mich war alles gut, so wie es war. Bis letztes Jahr. Vor Weihnachten habe ich ein Telefonat belauscht. Ich wollte Mama einen Tee in die Werkstatt bringen ... Nicht, dass du das jetzt falsch verstehst und denkst, ich belausche jeden ständig.«

Ich musste husten, denn genau das hatte ich gerade gedacht.

»Schon okay. Jedenfalls wollte ich sie nicht stören und wartete vor der Tür. Ich weiß nicht, mit wem sie telefoniert hat. Vielleicht mit einer Freundin oder deiner Mutter. Irgendwann hörte ich sie laut seufzen und dann sagte sie, dass sie sich natürlich einen neuen Mann an ihrer Seite wünschen würde.« Marianne räusperte sich. »Wer weiß, was Marianne darüber denkt und außerdem, welcher halbwegs attraktive und intelligente Mann halst sich freiwillig ein fremdes Kind auf«, machte sie ihre Mutter nach und sprach aus, was ich dachte. »Ich habe mir wirklich nie darüber Gedanken gemacht, ob Mama eigentlich glücklich ist. Ihre Worte haben mich nachdenklich gemacht. Verstehst du?«

Mir gelang ein zustimmendes Brummen. Gleichzeitig fühlte ich mich mies und schuldig, weil ich mir bei meiner eigenen Mutter darüber auch nie Gedanken gemacht hatte. Nicht mal, als ich Anfang des Jahres für Robert aus der Klasse über mir geschwärmt hatte.

»Weihnachten haben wir dann einen Liebesfilm gesehen«, fuhr Marianne fort. »Ich habe sie gefragt, warum sie eigentlich seit Papa niemanden mehr hat. Verstehst du? Ich war es, die sie ermutigt hat, sich auf einer Single-Börse anzumelden.«

»Da hat sie dann Werner getroffen?«

Marianne nickte. »Ich weiß, dass sie oft telefoniert haben, und Mama hat danach immer gestrahlt wie ein Honigkuchenpferd. Deswegen habe ich mich echt tierisch gefreut, als sie ihn Ostern zu uns einlud. Aber er hat so eine Art an sich ... Ich weiß auch nicht.«

»Ich mochte ihn vom ersten Augenblick nicht«, warf ich ein.

Sie sah mich an und ein kleines Lächeln huschte über ihr Gesicht.

»Ich dachte, das ändert sich vielleicht. Mama war so glücklich und hat den ganzen Tag nur gesungen. Ich habe sie Ewigkeiten nicht so happy gesehen. Eine Woche blieb er. Pfingsten kam er wieder. Diesmal mit einem riesigen Koffer. Seitdem wohnt er bei uns. Mama meinte, dass er eine Computerfirma hat – da sei es egal, ob er in Köln am Schreibtisch sitzt oder hier. Bei Mama und dem Laden ist das ja anders.«

Marianne hob ihre Hand und begann, an ihrem kleinen Fingernagel zu knabbern.

»Am Anfang fand ich ihn nur schleimig und überheblich, ein richtiger Aal.«

Ich nickte zustimmend.

»Seit einiger Zeit habe ich aber das Gefühl, dass mit ihm etwas nicht stimmt.«

»Spionierst du ihm deswegen nach?«

»Hmm. Ich muss sicher sein, bevor ich Mama davon erzähle. Vielleicht bilde ich mir auch alles nur ein.«

»Was denn zum Beispiel?«, fragte ich nach und war mit einem Mal richtig aufgeregt. Jetzt kamen wir an den Punkt, wo es interessant wurde.

»Naja ... Am Anfang waren es nur Kleinigkeiten, so wie im Restaurant, als er sein Portemonnaie vergessen hatte. Nur ist das nicht das erste Mal gewesen. Manchmal habe ich das Gefühl, dass er kein Geld hat und sich von Mama aushalten lässt. Mal hat er das Geld vergessen, dann war er noch nicht bei der Bank, dann hat ein Kunde noch nicht gezahlt ... Immer, wenn er denkt, niemand sieht es, öffnet er Schubladen und Schranktüren. Bevor du gekommen bist, habe ich ihn zufällig beobachtet, wie er alle Schränke von Mama systematisch durchsucht hat. Mama war auf dem Festland und ich hätte eigentlich Schule gehabt, aber wegen einer Konferenz war schon um 10 Uhr Schulschluss. Als ich ihn fragte, meinte er nur, er hätte einen Stift gebraucht. Und seit diesem Tag lässt er mich kaum noch aus den Augen. Ständig erwische ich ihn, wie er mich belauscht. Ich werde das Gefühl nicht los, dass er mich aus dem Weg haben will und nur nach einem Grund sucht. Deswegen benehme ich mich extra vorbildlich, wenn er da ist. Nur manchmal klappt das nicht. Es ist zum verrückt werden.« Sie seufzte. »Und an dem Tag, als du mich ertappt hast, konnte ich nicht einschlafen und hab mich irgendwann in die Küche geschlichen, um mir einen heißen Kakao zu machen. Da habe ich ein Rascheln aus Mamas Büro gehört und Werner dabei beobachtet, wie er Mamas wichtige Dokumente durchgegangen ist. Bankunterlagen und so was. Manchmal denke ich, dass ich mir das alles nur einbilde, weil ich ihn nicht mag. Aber das eben? Ich habe mir doch nicht eingebildet, dass er dich auch loswerden wollte, oder doch?«

»Nein, das Gefühl hatte ich auch«, erwiderte ich und kratzte mich am Hinterkopf. »Puh, das ist alles merkwürdig. Für mich klingt das alles so, als wäre er ein ...« – ich musste kurz überlegen, dann fiel mir das Wort wieder ein – »... ein Heiratsschwindler.«

»Na ja, zumindest jemand, der sich aushalten lässt.« Marianne sah aus wie ein Häufchen Elend. »Aber nachher irre ich mich und …«

»Jetzt hast du ja mich. Wäre doch gelacht, wenn wir nicht rausbekommen, was mit Werner nicht stimmt«, versuchte ich sie aufzumuntern. »Bis die *Geheimsache Aal* nicht geklärt ist, fahre ich auf keinen Fall nach Hause. Punkt!«

»Geheimsache Aal?«, wiederholte sie und lächelte dabei unsicher.

Ich lachte laut los. »Justus Jonas von den Drei ??? gibt allen Fällen einen coolen Namen! Das ist aber auch egal. Viel wichtiger ist: Wie gehen wir vor?«

Zwar hoffte ich für Tante Linda, dass wir uns irrten, aber so, wie sich Werner verhielt … Wenn mit ihm etwas nicht stimmte, wollte ich ihm das Handwerk legen. Mein ganzer Körper kribbelte vor Aufregung. Die Erinnerung an letzte Nacht und der Versuch, mich nach Hause zu schicken, verstärkten das Gefühl.

Die nächste Stunde steckten wir unsere Köpfe zusammen und tuschelten. Am Ende waren wir uns einig: Wir mussten herausfinden, wer Werner war und wie seine Absichten aussahen. Als Erstes wollten wir im Internet schauen. Darauf war ich gekommen. Wenn Mama etwas über eine Person wissen wollte, suchte sie bei Google oder Facebook oder Insta. Wenn das nichts brachte, würden wir ihn beschatten. Nicht nur zuhause, wie Marianne, sondern auch, wenn er das Haus verließ. Nachdem wir das geklärt hatten, lehnten wir uns zurück und genossen das schöne Wetter.

7

Der doppelte Deutz

Wir hatten gerade unsere Fahrräder abgestellt, als sich die Haustür öffnete. Es dauerte einen Moment, bis meine Tante uns entdeckt hatte. »Ach, ihr seid schon zurück! War es schön?« Sie sah mich fragend an.

»So schön, dass ich gar nicht mehr nach Hause möchte«, gab ich lachend zu. »Es ist einfach traumhaft hier.«

»Na dann. Wollt ihr zwei mit zum Einkaufen?«

»Ich würde viel lieber rein, was Kaltes trinken«, antwortete Marianne.

»Genau«, stimmte ich zu und fächerte mir mit der Hand Luft zu.

»Auch gut«, sagte Tante Linda, »dann könnt ihr schon einmal den Tisch decken.«

Marianne nickte und gemeinsam machten wir uns auf den Weg ins kühle Haus. Durch das Küchenfenster konnten wir sehen, wie das Auto samt Werner und meiner Tante vom Hof fuhr. Wir tranken noch aus, dann entschied ich, dass genug Zeit verstrichen war: »Los, wir sollten uns beeilen!«

Marianne und ich rannten die Treppe hoch zum Büro, wo der Computer stand. Es dauerte ewig, bis das alte Teil hochgefahren war. Und ich dachte immer, die Computer in meiner Schule wären langsam! Im Vergleich dazu war dieses Modell aus der Steinzeit. Dann erschien endlich die Startseite und ich tippte los.

WERNER …

»Wie heißt er mit Nachnamen?«

Meine Finger schwebten über der Tastatur.

»Ähm, keine Ahnung. Irgendwas mit D, glaube ich. Hat mich bislang nicht interessiert. Wir sagen immer nur Werner zu ihm.«

»Egal, wie heißt seine Firma?«

Diesmal zuckte Marianne nur mit den Schultern.

Ich stöhnte auf und tippte stattdessen KÖLN ein.

»Das fängt ja schon gut an. Ich wette, es gibt über 1000 Leute, die Werner heißen und in Köln leben. Das sind garantiert 100.000 Einträge bei Google.« Ich probierte es aus und stellte fest, dass ich mich geirrt hatte. 19.300.000 Einträge. Ich versuchte es noch einmal. Diesmal gab ich noch COMPUTER als weiteren Suchbegriff ein. Es wurden weniger, aber genau betrachtet, waren auch sieben Millionen Einträge nicht besser.

»So wird das nichts! Wir brauchen zumindest seinen Nachnamen oder den Namen seiner Firma. Und nun?« Enttäuscht ließ ich meine Schultern hängen. In den Geschichten, die ich las, ging das immer viel leichter.

Plötzlich sprang Marianne auf und rannte nach unten. Von dort hörte ich ein Rascheln, gefolgt von einem Jubelschrei.

»Was gefunden?«

An Stelle einer Antwort hörte ich nur ihre Schritte.

»Tadaa!« Marianne hielt triumphierend eine kleine Karte in die Luft. »Eine Visitenkarte! Sie war in seiner Jackentasche.« Sie las die Angaben auf der Karte laut vor: »WD – Computerspezialist für alle Fälle. Werner Deutz, Hubertusstraße 4 in Köln.«

Nur eine Website war nicht angegeben. Es hätte ja auch mal einfach sein können. Genervt seufzte ich. Noch einmal fütterte ich Google mit den Informationen und erhielt prompt einen Treffer.

»Gefunden!« Ich öffnete die Seite. »Ha, wir lagen richtig!«

Einerseits freute ich mich, dass Marianne nun endlich wusste, dass sie sich nicht alles eingebildet hatte, aber andererseits machte

mir diese Tatsache schlichtweg Angst. Die Nachrichten waren voll von gefährlichen Verbrechern.

»Mach mal Platz!« Marianne lief um den Schreibtisch herum und schob mich zur Seite, um sehen zu können, was ich entdeckt hatte.

Direkt auf der Startseite prangte ein Foto. Darunter stand deutlich lesbar: WERNER DEUTZ. Allerdings sah dieser Werner komplett anders aus. Blonde Haare, die an einen Surfer in Los Angeles erinnerten. Eine kleine Brille, blaue Augen.

»Entweder sind wir falsch, oder …«

Noch ehe sie ausgeredet hatte, klickte ich auf das Impressum.

»Das ist doch genau die Adresse von der Visitenkarte. Und auch der Name«, warf ich ein. Gleichzeitig überschlugen sich meine Gedanken. Hatte ich irgendwo einen Fehler gemacht? Gab es vielleicht zwei Personen mit dem Namen Werner in einer Firma? Vielleicht ein Cousin oder anderer Verwandter? Oder hieß das, dass die Visitenkarte nicht von ihm war? In den Büchern stand immer, dass man erst alle Fakten sammeln sollte, um voreilige Schlüsse zu vermeiden. Wie oft lag ich bei Krimis falsch? Auf der anderen Seite … Irgendwas war an der Sache faul. Das verriet mir mein Bauchgefühl. Nur was?

»Willst du es deiner Mutter sagen?«

Unruhig wanderte Mariannes Blick durch den Raum, dann schüttelte sie den Kopf. »Und wenn wir uns irren? Das reicht nicht. Ich kenne meine Mutter. Sie wird sofort mit Werner sprechen.«

»Aber …« Mir fiel es wie Schuppen von den Augen. Marianne brauchte gar nicht weiterreden. »Du meinst, wenn er ein Betrüger ist, dann hat er dafür eine plausible Erklärung?«

»Genau. Am Ende bin ich die Doofe und Mama denkt dann vielleicht, dass ich auf Werner eifersüchtig bin.«

Nervös kaute sie auf ihrer Unterlippe herum. Marianne hatte Recht. Ohne weiter nachzudenken, schnappte ich mir mein Handy, gab die Telefonnummer aus dem Impressum ein und tippte auf wählen. Das Freizeichen ertönte und ich stellte auf laut. Jetzt war *ich* nervös. War das nicht etwas voreilig gewesen? Was sollte ich nur sagen?

»WD Computerspezialist für alle Fälle«, meldete sich eine fröhliche Männerstimme.

Hilfe suchend blickte ich zu Marianne, die nur mit die Schultern zuckte. Ich schwitzte Blut und Wasser, während ich krampfhaft überlegte. Auflegen – ich sollte einfach auflegen! Aber dann wären wir genauso schlau wie vorher.

»Hallo?«, fragte die Stimme.

»Ähm, hallo … hier ist …« Ich konnte doch unmöglich meinen richtigen Namen sagen. Nachher lagen wir falsch. Was wäre, wenn er dann direkt Werner anrief? Der würde mich doch direkt nach Hause schicken!

»Ähm … ich heiße Marianne«, krächzte ich und wünschte, meine Stimme würde nicht gerade jetzt versagen. Dafür erntete ich einen bösen Blick meiner Cousine. Ich zuckte entschuldigend die Schultern, als mein Blick auf ein Buch fiel, das auf dem Tisch lag. »Marianne Stewner!«, ergänzte ich vorsichtshalber. »Ähm, ich rufe an, weil ...« Eine sehr gute Frage. »Für eine Hausaufgabe.«

»Hausaufgabe?« Der Mann am anderen Ende lachte kurz auf. »Sind nicht gerade Ferien?«

»Äh ... ja ... schon ... Es ist eine Zusatzaufgabe.«

»Na gut, und wie kann ich dir da helfen?«

Jetzt oder nie, dachte ich. »Eigentlich wollte ich Herrn Deutz sprechen!« Kaum hatte ich es ausgesprochen, wurde ich noch nervöser.

»Am Apparat!« Für einen Schlag setzte mein Herz aus.

»Sie sind Herr Deutz?«, fragte ich vorsichtshalber noch einmal nach.

Am anderen Ende ertönte ein warmes Lachen.

»Ja, so haben mich meine Eltern vor 34 Jahren genannt«, antwortete er. Aus den Augenwinkeln sah ich, wie meine Cousine etwas auf einen Zettel schrieb.

»Haben Sie noch Mitarbeiter? Und ist das Ihr Laden?«, stellte ich ihre Fragen.

»Nein. Und Ja. Aber magst du mir jetzt einmal sagen, worum es nun genau geht? Ich ...«

»Danke! Sie haben mir sehr geholfen!«

Ich legte auf und sah in Mariannes große Augen. In den letzten Sekunden war sämtliche Farbe aus ihrem Gesicht gewichen. Bei diesem Farbton wäre jedes Gespenst neidisch geworden.

»Jetzt hast du deinen Beweis! Der Mann am Telefon war Werner Deutz. Also der Echte! Und es gibt keine Mitarbeiter, also auch keine Verwandten mit dem gleichen Namen!«

»Und nun?«, flüsterte sie. Bevor ich antworten konnte, hörte ich ein Auto auf den Hof fahren. »Meine Mutter«, keuchte Marianne nach einem Blick aus dem Fenster.

Perfektes Timing, dachte ich. »Komm, wir holen sie! Dann zeigen wir ihr die Seite und den echten Werner. Sie kann dann anrufen und es sich bestätigen lassen«, sagte ich und sprang auf.

»Caro!« Marianne packte mich am Arm. »Und was ist, wenn er auch hierfür eine Geschichte hat? Ohne zu wissen, was er vorhat und wer er wirklich ist, kann ich unmöglich zu meiner Mutter.«

Noch während sie sprach, setzte sie sich an den PC und schloss die Seiten. Von unten war der Schlüssel im Türschloss zu hören. »Jetzt fahr schon runter«, flehte sie und warf mir einen verzweifelten Blick zu. Endlich war der Bildschirm dunkel und der Lüfter des Computers verstummt. Ein letzter Blick, ob wir keine Spuren hinterlassen hatten. Dann öffneten wir die Tür und schlüpften lautlos hinaus.

Keine Sekunde zu früh. Schon erschien Werner auf der Treppe und blieb abrupt stehen, als er uns im Flur stehen sah.

»Was treibt ihr zwei da?« Seine Stimme klang feindselig, fast schon aggressiv. Mich fröstelte. Auf keinen Fall durfte er denken, dass wir ihm auf die Schliche gekommen waren. Zum Glück war mein Gehirn diesmal nicht aus Pudding.

»Wir waren gerade auf'm Klo«, antwortete ich. »Was dagegen?« Misstrauisch starrte er uns an. Nach einer gefühlten Ewigkeit brummte er etwas Unverständliches. »In einer halben Stunde gibt es Essen!«, fügte er deutlicher hinzu und stapfte zurück ins Erdgeschoss. Wir verdrückten uns auf unser Zimmer.

»Lass uns zusammenfassen, was wir bisher haben!«, flüsterte Marianne und kramte ein leeres Blatt Papier heraus.

»Erst mal die Überschrift!«

Marianne nickte und schrieb mit ihrer schönen Schrift:

GEHEIMSACHE AAL

Dann überlegten wir gemeinsam:

- *Visitenkarte gehört jemand anderem*
- *Trägt teure Sachen, sieht aalglatt aus, lässt sich gerne aushalten*
- *Heißt er wirklich Werner? Oder wie ist sein richtiger Name?*
- *Pleite oder einfach nur ein Pechvogel?*
- *Was sucht er mitten in der Nacht im Büro?*
- *Warum versucht er, Caro loszuwerden?*
- *Warum spioniert er uns nach?*
- *Welche Rolle spielt meine Mutter?*

So viele Fragen und noch keine Antworten. Die Klingel schrillte – Abendessen. Schnell versteckten wir den Zettel im Rücken von Mariannes altem Teddybär und gingen Hände waschen.

8

Begegnung am Leuchtturm

Vier Tage später waren wir kein Stück weiter. Es war zum Haare raufen. Jeden Abend legten wir uns abwechselnd auf die Lauer und beobachteten die Treppe durch einen winzigen Türspalt. Aber nichts tat sich. Entweder irrten Marianne und ich uns doch, oder Werner blieb jede Nacht brav im Schlafzimmer, weil er ahnte, dass wir ihm auf die Schliche gekommen waren.

Dafür hatte unsere nächtliche Überwachung zur Folge, dass wir tagsüber kaum die Augen aufhalten konnten. Nach der zweiten Nacht schlichen wir wie Zombies durch die Gegend. Wir gähnten um die Wette und lagen lustlos bei strahlendem Sonnenschein im Garten. Von dort hatten wir einen perfekten Blick auf Werner, der für meinen Geschmack zu gut gelaunt war.

»Ihr seid so blass und seht total erschöpft aus«, stellte Werner am fünften Tag beim gemeinsamen Frühstück fest. »Man könnte fast meinen, ihr schlaft nicht genug.«

Ertappt zuckte ich zusammen. Gleichzeitig trat mich Marianne unter dem Tisch gegen das Schienbein. Ich brauchte sie nicht anzusehen, um zu wissen, dass sie das Gleiche dachte: Er wusste es. Wie selbstgefällig er grinste, während er auf eine Antwort wartete.

»Jetzt lass doch mal die Mädchen in Ruhe«, warf Tante Linda ein. »Hast du früher nie bei einem Freund geschlafen?«

Werners Lächeln verschwand und stattdessen zog er irritiert die Stirn kraus. »Doch ... schon, aber ...«

Tante Linda winkte ab. Mehr wollte sie gar nicht hören.

»Na siehst du, und ich wette, ihr habt auch nicht besonders viel geschlafen.« Mit einem Seufzer wandte sie sich an uns. »Trotzdem, Werner hat Recht. Ihr könntet gut in einem Horrorfilm mitspielen. Heute Nacht wird weniger geredet und dafür mehr geschlafen!« Damit war das Thema für sie erledigt.

Den Rest des Tages verhielten wir uns unauffällig, ließen Werner aber kaum eine Minute aus den Augen. Am Abend hielten wir in Mariannes Zimmer Kriegsrat. So wie die letzten Nächte konnte es unmöglich weitergehen. Wir brauchten dringend Schlaf. Und zwar Schlaf, bei dem wir nicht alle zwei Stunden geweckt wurden. Schweren Herzens erklärten wir die Nachtwache einstimmig für beendet.

»Morgen«, meinte Marianne zwischen zwei herzhaften Gähnern, »überlegen wir uns was anderes. Wir fahren zum Strand. Da können wir in Ruhe nachdenken.«

Genau wie ich konnte sie kaum noch die Augen aufhalten. Ich nickte bloß, und kaum berührte mein Kopf das Kissen, schlief ich auch schon ein.

»Ihr seht ja schon viel besser aus«, begrüßte uns Tante Linda am nächsten Morgen, als wir um kurz vor acht in die Küche kamen.

Ich lächelte sie an und schnappte mir kurzerhand den Besteckkorb, um ihr beim Ausräumen der Spülmaschine zu helfen. Während ich die Messer wegsortierte, unterdrückte ich ein Gähnen. Obwohl wir die ganze Nacht geschlafen hatten, fühlte ich mich noch immer hundemüde. Schuld daran war Werner, der sich in meinen Traum geschlichen und mich viel zu früh geweckt hatte, indem er diesmal *uns* durch den Türspalt beobachtete. Sein glühender Blick ließ mich schweißgebadet aufwachen. Ans Einschlafen war jedenfalls nicht mehr zu denken. Selbst jetzt schauderte mir bei dem Gedanken an seine stechenden Augen.

»Und was habt ihr für heute geplant?« Tante Linda riss mich aus meinen Gedanken. »Das Wetter ist ja leider nicht so schön.«

Nicht schön? Ungläubig starrte ich aus dem Fenster. Tatsächlich war der sonst so blaue Himmel mit dicken, grauen Regenwolken bedeckt. Auf dem Boden hatten sich auch schon kleine Pfützen gebildet. Na toll! So viel zum Thema: Wir fahren an den Strand und brutzeln in der Sonne..

Ich muss wohl ziemlich enttäuscht ausgesehen haben, denn meine Tante stupste mich in die Seite und sagte: »Jetzt guck nicht so. Dachtest du etwa, dass hier immer nur die Sonne scheint?« Sie lachte und zog mich kurz an sich. »Was haltet ihr davon, ins Museum Naturgewalten zu fahren?«

Was? Davon hatte ich noch nie was gehört. Aber Museum klang immer langweilig. Skeptisch schaute ich meine Tante an und suchte nach einer guten Ausrede, als sich Marianne einmischte.

»Das ist richtig cool!«, schwärmte sie und ihre Augen leuchteten. »Mama und ich waren früher oft da. Das ist zwar ein Museum, aber auch wieder nicht. Man erfährt total viel über Sylt, die Nordsee, die Tierwelt und kann sogar Experimente machen. Ich wette, das gefällt dir!«

Ich lächelte schwach und versuchte, meine Enttäuschung zu verbergen. Museum blieb nun mal Museum. Wenn ich etwas über Geschichte erfahren wollte, schnappte ich mir lieber ein spannendes Buch. Aber das behielt ich lieber für mich, um Marianne die Vorfreude nicht zu verderben.

»Dann wäre das ja geklärt«, beendete Tante Linda die Unterhaltung. »Ich muss jetzt in den Laden. Wir sehen uns dann später.«

Bevor sie jedoch ging, zückte meine Tante ihre Geldbörse und drückte Marianne einen Schein in die Hand. »Für Bus, Eintritt und was zum Essen. Viel Spaß, ihr zwei!«

Eine Minute später fiel die Tür ins Schloss. Ich wollte Marianne gerade vorschlagen zu frühstücken, als sie mich einfach stehen ließ, zur Tür rannte und sie öffnete.

»Ähm, Mama ... wo ist eigentlich Werner?«, rief sie ihrer Mutter hinterher.

Verwirrt drehte ich mich in Richtung des Wohn-Esszimmers.

Stimmt. Wo war Werner eigentlich? Erst jetzt fiel mir auf, dass ich ihn noch gar nicht gesehen hatte. Verdammte Müdigkeit. Da verfolgte er mich sogar in meine Träume, und dann das. So viel zum Thema »gute Detektivin«.

»Okay, bis heute Abend. Hab dich lieb.«

Die Tür wurde geschlossen und eine Sekunde später stand Marianne wieder in der Küche.

»Werner ist schon länger weg. Irgendwas Berufliches, meinte meine Mutter.«

Wir sahen uns an und es war klar, dass wir beide das gleiche dachten. Wo war er und was war dieses *Berufliche*? Ich fühlte mich wie die größte Idiotin auf ganz Sylt. Die ganze Zeit hatten wir ihn zuhause nicht aus dem Auge gelassen und waren auf das Büro fixiert, anstatt uns zu fragen, was er machte, wenn er *nicht* da war. Ich schlug mir mit der flachen Hand gegen die Stirn. Da las ich ständig Detektivgeschichten und dann machte ich den größten Anfängerfehler. Justus Jonas hätte diesen Fehler niemals gemacht.

Es wurmte mich, dass ich nicht früher daran gedacht hatte.

»Wir sind solche Vollpfosten«, sagte ich und Marianne nickte. »Hast du eine Idee, wo er sein könnte?«

»Nein, aber vielleicht finde ich einen Hinweis in seinen Sachen. Stell dich ans Küchenfenster und steh Schmiere«, befahl sie mir und verschwand. Augenblicklich ging ich zum Fenster und starrte auf die Einfahrt und den Hof. Bitte lass ihn nicht kommen, dachte ich und spürte, wie mein Herz vor Aufregung heftig pochte. Im Wohnzimmer raschelte es. Kurz darauf kam Marianne zurück.

»Nichts, aber ich such noch oben. Wenn er kommt, ruf mich!«

Eine Ewigkeit verging. Ich versuchte, mich zu konzentrieren. Was, wenn Werner durch die Hintertür kam? Unruhig trat ich von einem Bein aufs andere und kaute auf meiner Lippe herum. Plötzlich berührte mich etwas an der Schulter. Quiekend fuhr ich herum. Marianne grinste mich dämlich an.

»Was hast du denn?«

Ich spürte, wie die ganze Anspannung von mir abfiel. Vor Erleichterung, dass alles gut gegangen war, fiel ich ihr um den Hals.

Marianne lachte auf und schob mich von sich. »Freu dich nicht zu früh. Ich bin genauso schlau wie vorher auch. Nichts. Absolut nichts an brauchbaren Informationen. Und sein Laptop ist mit einem Passwort geschützt.«

»Also alles umsonst. Na toll! Und jetzt?«

»Fahren wir ins Museum. Wer weiß, wo Werner ist. Und ich habe keine Lust, darauf zu warten, dass er nach Hause kommt. Geheimsache hin oder her. Immerhin sind Ferien.«

Mit einem Seufzer folgte ich meiner Cousine. Wenn ich ehrlich war, war ich froh, einmal auf andere Gedanken zu kommen. In den Büchern, die ich las, passierten Wendungen schließlich immer dann, wenn man am wenigsten damit rechnete.

Mit einem Stöhnen ließ ich mich auf den Sitz im Bus plumpsen. Marianne hatte mir extra den Fenstersitz überlassen. »Damit du was von der Insel siehst«, hatte sie gesagt.

»Was für ein ekelhaftes Wetter«, murmelte ich und fuhr mit den Fingern durch meine zerzausten Haare.

»Das ist doch nur ein harmloses Lüftchen!« Marianne konnte sich ein Lachen nicht verkneifen. »Du solltest mal die rauen Herbststürme erleben!«

»Bloß nicht. Ich bin schon froh, dass es aufgehört hat zu regnen.«

Mit meinem Ärmel wischte ich die Feuchtigkeit von der Scheibe und blickte nach draußen. Nach ein paar Minuten tauchte ein Golfplatz auf. Kurz darauf fiel mein Blick auf eine einsame Gestalt, die zu Fuß unterwegs war. Der Mann hatte seinen Kragen aufgestellt und den Kopf eingezogen. Der Ärmste, dachte ich und war froh, im warmen Bus zu sitzen. In diesem Moment waren wir auf seiner Höhe. Ein letzter mitleidiger Blick – »Was?«, keuchte ich und sprang auf. Durch die beschlagenen Scheiben konnte ich die Person nicht mehr sehen. Trotzdem war ich mir sicher:

»Das war Werner!«

Ich zwängte mich an Marianne vorbei und stolperte zum Busfahrer.

»Sie müssen anhalten! Bitte! Das ist ein absoluter Notfall. Bitte!«

Der Fahrer sah mich verständnislos an.

»Die nächste Haltestelle ...«

»Das dauert zu lange, dann ist er weg...«, begann ich, aber der Fahrer schüttelte den Kopf und blickte zurück auf die Straße. Ich brauchte einen triftigen Grund.

»Äh, meine Freundin hat gestern am Strand einen Jungen kennengelernt und dummerweise seine Handynummer verloren. Da lief er eben. Bitte!«

Ich wusste nicht, ob es an meiner verzweifelten Stimme lag oder daran, dass der Busfahrer seine Ruhe haben wollte. Er bremste ab.

»Nächste Haltestelle!«

Mit einem spöttischen Grinsen drückte er den Knopf und die Tür öffnete sich. Kurz starrte ich ihn an, dann spürte ich, wie meine Wangen anfingen zu glühen. War ja klar! Warum musste ich wirklich jedes Fettnäpfchen mitnehmen? Aber woher sollte ich auch wissen, dass der nächste Halt schon in Sichtweite war? Immerhin waren wir nicht in Hamburg. Marianne packte mich am Arm und zog mich nach draußen.

»Mann, war das peinlich! Du ...«

Der Rest ging im Zischen der sich schließenden Türen unter. Dann fuhr der Bus auch schon ab.

Marianne zupfte an meinem Jackenärmel: »Und du bist dir sicher, dass du Werner gesehen hast?«

»Wenn das nicht Werner war, fresse ich einen Besen.«

»Aber was könnte er hier wollen?«, fragte Marianne und rieb sich am Kinn. »Hätte er zu einem der Häuser gewollt, müssten wir ihn längst sehen können. Er kann also nur abgebogen sein. Aber das ergibt keinen Sinn ...«

»Und das heißt?«, drängte ich sie.

»Es gibt hier nur zwei Wege. Der eine führt zum Campingplatz. Allerdings eher ein matschiger Pfad. Und da hätte jeder einen anderen Weg gewählt. In die andere Richtung fällt mir nur der Leuchtturm ein.«

»Na dann, worauf warten wir noch?« Ich marschierte los.

»Warte, es gibt noch einen anderen Weg, der ist schneller.«

Marianne verließ die Hauptstraße und mir blieb nichts anderes übrig, als ihr zu folgen.

Nach einiger Zeit hörten die Häuser auf und vor uns erstreckte sich ein langer Weg, der direkt zum Leuchtturm führte. Wir waren noch gut 200 Meter entfernt, als ich abrupt stehen blieb und Marianne am Ärmel packte. Auf Höhe des Leuchtturms hatte ich den Mann mit dem Mantel entdeckt. Er stand mit einer anderen Person zusammen, die er leicht an den Schultern schüttelte. Danach zog er sie fest an sich und es sah aus, als würde er sie küssen. Mehr war auf die Entfernung nicht zu erkennen.

»Wir müssen näher ran, dann wissen wir genau, ob der Typ im Mantel Werner ist«, sagte ich und zog Marianne am Arm.

»Das geht nicht! Wenn wir noch dichter dran sind, sehen sie uns.«

»Mist!«, fluchte ich. Warum dachte ich nicht an die einfachsten Sachen! Marianne hatte Recht. Der Weg, auf dem wir uns befanden, bot keinerlei Deckung.

Noch während wir überlegten, löste sich die andere Person und kam mit großen Schritten in unsere Richtung. Der Mann, den wir für Werner hielten, schlug seinen Kragen hoch und stapfte zurück.

»Shit«, flüsterte Marianne und stand wie versteinert neben mir am Wegrand. Auch ich konnte mich nicht bewegen. Nach ein paar Metern erkannte ich, dass es sich um eine Frau handelte. Was hatte sie mit Werner zu tun? Mein Herz begann zu rasen, als sie nur noch wenige Meter von uns entfernt war. Stur den Blick auf den Boden gerichtet, kämpfte sie gegen den Wind an. Nicht mal, als wir auf einer Höhe waren, nahm sie Notiz von uns. Mit sich selbst beschäftigt, murmelte sie vor sich hin.

»Noch zwei Wochen, dann hab ich die Kohle ... Das sagt er schon seit Wochen und erreicht hat er nichts außer ein paar lächerlichen Piepen. Zu Nichts zu gebrauchen. Dieser ...«

Der Wind wehte noch ein paar einzelne Fetzen ihres Selbstgesprächs zu uns, dann verstummte es. Wir drehten uns um, und sahen ihr einen Augenblick nach, wie sie weiter Richtung Kampen ging.

»Los, komm«, zischte ich und zwickte Marianne in die Seite.

»Hast du das auch gehört?«, flüsterte sie. »Meinst du ...?«

»Das finden wir nur raus, wenn wir wissen, ob das Werner war.«

Ohne auf eine Antwort zu warten, sprintete ich in die Richtung, in die der Mann verschwunden war. An der Weggabelung holte mich Marianne ein.

»Da lang?« Ich deutete zur Straße.

Sie schüttelte den Kopf. »Wenn wir einen Zahn zulegen ...«

Schon lief sie in die andere Richtung. Diesmal kam ich kaum hinterher. Zweimal bog sie ab. Der Abstand wurde immer größer. Ich kam gerade am Ende der langgezogenen Kurve an, als ich sie schon am Ende des Weges rechts einbiegen sah. Wenn ich wieder zuhause bin, fang ich mit Joggen an, dachte ich. Meine Lunge brannte und kurz darauf setzten Seitenstiche ein. Ich stoppte an der Gabelung

und stützte meine Hände auf den Knien ab. Hechelnd versuchte ich, wieder zu Atem zu kommen. Sport war wirklich Mord. Ich blickte auf und entdeckte Marianne rund 100 Meter von mir entfernt. Sie winkte hektisch und deutete auf das Gebüsch. Ein letztes Mal nahm ich all ich meine Kraft zusammen und sprintete zu ihr. Kaum hatte ich mich neben ihr hinter einem Busch verkrochen, huschte eine Gestalt über die Straße. Der Gang, die Jacke, diese aalglatten Haare – eindeutig Werner. An der Bushaltestelle blieb er stehen. Keine fünf Minuten später kam der Bus und Werner stieg ein.

Als der Bus außer Sichtweite war, kamen wir aus unserem Versteck.

»Und nun?«, fragte ich. Die Lust auf den Ausflug war mir vergangen. Zu allem Überfluss fing es genau jetzt an zu regnen.

»Nach Hause?«, schlug ich daher vor.

20 Minuten später stiegen wir bei strömendem Regen aus dem Bus.

9

Schlechte Nachrichten

Völlig durchnässt und durchfroren stolperten Marianne und ich in den Flur. Mein Blick blieb kurz an der Garderobe hängen, wo schon Werners Mantel hing.

»Ich bin nass bis auf die Haut«, jammerte ich und versuchte, die Schleife meiner Schuhe mit den klammen Fingern zu öffnen.

»Wo kommt ihr denn her? Wolltet ihr nicht ins Naturgewalten?«

Wie durch Zauberhand stand Tante Linda im Flur und schaffte es, dass ich vor Schreck zusammenzuckte. Ich warf Marianne einen Blick zu, aber sie schien sich schon wieder gefasst zu haben.

»Doch schon, aber als wir da waren, war einfach zu viel los«, log Marianne. »Deswegen sind wir zurückgefahren.«

»Warum habt ihr denn nicht angerufen? Ich hätte euch doch vom Bus abgeholt!« Verständnislos schüttelte sie den Kopf.

»Du warst doch im Laden.«

»Du weißt doch genau, dass ich dann einfach einen Zettel an die Tür hänge: Bin in 10 Minuten wieder da. Wenn ihr euch eine Erkältung holt, seid ihr selbst schuld. Von mir braucht ihr keine Pflege zu erwarten.« Sie schüttelte den Kopf. »Los, ab nach oben mit euch! Duscht erst einmal heiß und zieht euch was Trockenes an. Danach könnt ihr runterkommen. Es gibt etwas Wichtiges zu bereden.«

Marianne und ich tauschten besorgte Blicke aus. Wir rasten nach oben und schlüpften aus den nassen Sachen. Es tat gut, etwas Trockenes und Warmes anzuziehen.

Marianne holte den Zettel aus ihrem Teddy. Wortlos ergänzte sie unsere Liste um einen weiteren Punkt. Ohne einen Blick drauf zu werfen, wusste ich, was sie notierte.

- *Wer ist die Frau vom Leuchtturm?*

Den gesamten Rückweg über hatten wir uns das gefragt. Nur eins war klar – Werner und sie kannten sich. Deswegen beschlossen Marianne und ich, in den nächsten Tagen getrennt vorzugehen. Meine Aufgabe bestand darin, Werner nicht aus den Augen zu verlieren, während sie sich in Kampen umsehen wollte. Vielleicht lief ihr die Frau über den Weg und sie konnte so mehr über Werner erfahren.

»Kommt ihr endlich?«, rief Tante Linda nach uns.

Ich folgte Marianne nach unten. In der Tür zum Wohnzimmer blieb sie abrupt stehen und hielt sich am Türrahmen fest. Zu spät sah ich es und lief direkt in sie hinein.

»Geht's noch?«, motzte ich los und rieb mir meine Nase, die ich an ihrem Hinterkopf gestoßen hatte. Ich stellte mich auf die Zehenspitzen und warf einen Blick über ihre Schulter.

»Oh!«, entfuhr es mir. Auf dem Tisch stand eine riesige Torte, die ganze drei Etagen hatte. Tante Linda konnte zwar backen, das hatte ich schon festgestellt, aber dieser Schokoladen-Gigant hätte mit Sicherheit den ersten Preis bei einer Back-Show gewonnen. Werner saß schon mit einem breiten Grinsen am Tisch.

»Was steht ihr denn in der Tür herum?« Tante Linda kam mit einer Kanne Kaffee ins Esszimmer.

»Hat jemand Geburtstag?« Ich zwängte mich an Marianne vorbei.

»Nein«, in der Stimme meiner Tante lag ein Lachen, »zumindest nicht, dass ich wüsste. Kommt, setzt euch endlich! Wir wollen Werner doch nicht die Überraschung nehmen.«

Das gefiel mir nicht und Marianne offenbar auch nicht. Die ganze Zeit rutschten wir auf unseren Stühlen unruhig hin und her. Unter anderen Umständen hätte ich mein Stück Kuchen hinuntergeschlungen und gleich Nachschlag genommen, aber dafür war ich viel zu nervös. Was konnte das sein? Die Tatsache, dass wir Werner vorhin mit einer anderen Frau gesehen hatten, beunruhigte mich mehr, als ich zugeben wollte. Die ganze Zeit fragte ich mich, ob er uns gesehen hatte. War das vielleicht seine Überraschung? Aber warum dann die Torte?

Nein, es musste was anderes sein. Ich schluckte das nächste Stück geräuschvoll hinunter und beobachtete ihn einen Moment zu lang, denn Werner lächelte mich an. Danach widmete er sich wieder seinem Kuchen, als wäre es völlig egal, dass ich ihn anstarrte. Er schmatzte fröhlich vor sich hin und ließ sich gleich noch ein zweites Stück geben, kaum, dass der letzte Krümel aufgepickt war.

Nach dem dritten Stück klopfte er mit seiner Gabel an die Kaffeetasse. Seiner Miene war zu entnehmen, dass er nun endlich den Grund für die Torte und damit seine Überraschung verkünden würde. Es musste etwas ungeheuer Wichtiges sein. So viel war klar. Mit einem fetten Grinsen auf dem Gesicht erhob er sich. Er räusperte sich und sagte feierlich: »Ich will es ganz kurz machen!«

Innerlich stöhnte ich auf. Das würde jetzt garantiert in einen seiner langen Monologe ausarten – so wie eigentlich immer, wenn er anfing zu erzählen. Ich seufzte laut und erntete sogleich einen bitterbösen Blick.

»Also, ich will es, wie gesagt, kurz machen.« Er legte eine Pause ein, ehe er verkündete: »Linda und ich werden heiraten.«

Was? Ich musste mich verhört haben, aber das hatte ich nicht, denn Mariannes Gabel landete klirrend auf ihrem Teller. Sie sah aus wie ein verängstigtes Reh im Scheinwerferlicht. Das durfte nicht wahr sein! Sie sah mich voller Panik an.

»Wann?«, fragten wir gleichzeitig.

Normalerweise hätte ich das komisch gefunden, aber nicht jetzt.

»Nächste Woche Freitag. Ich war heute Morgen beim Standesamt und habe den Termin gebucht.«

Die Worte der fremden Frau wirbelten durch meinen Kopf und am liebsten hätte ich meiner Tante von dieser unheimlichen Begegnung erzählt, aber ohne Beweise ... Sie würde uns kein Wort glauben. Das bedeutete, wir mussten uns beeilen, wenn wir die Hochzeit verhindern wollten. Und zumindest von meiner Seite aus war klar, dass ich das tun würde. Niemals würde ich erlauben, dass meine Tante diesen Lügner heiratete.

Als ich den Blick von Marianne abwandte, sah ich, wie selbstgefällig Werner grinste. Als hätte er ein geheimes Duell gewonnen.

Davon schien Tante Linda jedoch nichts zu bemerken. Sie lächelte nur glücklich vor sich hin und sagte: »Ist das nicht alles aufregend? Ich kann das alles noch gar nicht glauben!« Dabei kicherte sie wie ein kleines Mädchen und lief sogar rot an, als Werner ihre Hand in die Luft hob, damit Marianne und ich den Ring sehen konnten.

»Linda und ich gehen zur Feier des Tages heute Abend schick aus. Ihr kommt doch alleine klar, oder?«

»Natürlich«, krächzte Marianne.

Ziemlich betreten schlichen wir nach oben. Ohne ein Wort zu sagen, warf sich Marianne auf ihr Bett und drehte sich mit dem Kopf zur Wand. Schon nach wenigen Sekunden hörte ich sie schniefen. Das war aber auch ein starkes Stück. Merkte Tante Linda denn nicht, dass mit ihrem Werner was nicht stimmte? Ich legte mich neben meine Cousine und nahm sie tröstend in den Arm. In mir brodelte es. Wenn ich doch nur einen richtigen Beweis hätte, ich wäre sofort zu ihr gegangen, aber so ...

Irgendwann ließ mich ein Geräusch von der Treppe aufhorchen, kurz danach klopfte es leise.

»Marianne ... Caro ...?« Sacht wurde die Tür geöffnet. »Ach, wie süß«, hörte ich Tante Linda flüstern, dann schloss sie die Tür wieder leise. Ich hörte, wie sie die Treppe hinunterging.

»Die beiden schlafen tief und fest«, sagte Tante Linda zu Werner. Dann fiel die Haustür ins Schloss. Kurz darauf wurde das Auto gestartet und das Motorengeräusch wurde leiser. Sie fuhren zum Essen, ich blickte auf die Uhr: Es war 18 Uhr.

Von all dem schien Marianne nichts mitbekommen zu haben. Ihre Atemzüge waren gleichmäßig und leise. Für einen winzigen Moment überlegte ich, sie zu wecken, entschied mich aber dagegen. Nach dem Schock konnte sie den Schlaf gebrauchen. Lautlos wie ein Dieb schlich ich mich nach unten.

Nichts, was Werner gehörte, war vor mir sicher. Als Erstes durchsuchte ich vorsichtig seine Klamotten im Kleiderschrank. Nicht einmal vor seinen käsigen Schuhen machte ich Halt. Im Badezimmer sah ich mir jedes Fläschchen und jede Tube an. Weiter ging es mit seiner Arbeitstasche, seinem Laptop – der, wie schon bei Marianne, ein Passwort forderte. In den Filmen sah das immer so einfach aus. Ein Wort, das auf der Hand lag. Jedes Wort, was mir einfiel, hämmerte ich ohne großen Erfolg in die Tastatur.

»Schon was gefunden?« Mariannes Stimme kam aus dem Nichts. Ich fuhr herum.

»Puuuhhh ... Willst du, dass ich einen Herzinfarkt bekomme?« Meine Stimme zitterte.

»Du hättest mich ja auch wecken können. Also, hast du was gefunden?«

Ich schüttelte den Kopf und klappte gleichzeitig den Laptop zu.

»Das ist wie die Nadel im Heuhaufen suchen. Vergeudete Zeit.«

Gemeinsam suchten wir weiter nach irgendwelchen Hinweisen.

»Hier!«, rief Marianne und hielt mehrere Zettel in die Höhe. »Werner scheint gerne Eis zu essen!«

»Zeig mal her!« Ich riss sie ihr aus der Hand. »Wo hast du die denn gefunden?«

»In seiner Manteltasche. Da war innen ein Knopf, und in der Tasche waren diese Quittungen«, verkündete sie stolz.

Nach einigen Sekunden wusste ich, was sie meinte. In den letzten Wochen war er jeden Freitagnachmittag in dieser Lister Eisdiele gewesen.

»Morgen ist Freitag«, stellte ich fest.

»Was meinst du, sollen wir uns dort auf die Lauer legen?«

»Unbedingt! Das ist unsere beste und wahrscheinlich auch einzige Chance.«

Am nächsten Tag fuhren wir am frühen Nachmittag mit dem Bus nach List. Das Café lag direkt am Hafen und sah aus wie die meisten Eisdielen, die ich in Hamburg kenne. Kleine Tische, unbequeme Korbstühle, dazwischen ein paar Pflanzen. Der einzige Unterschied waren die Strandkörbe, die sowohl drinnen als auch draußen zum Verweilen einluden. Ich hoffte inständig, dass Marianne einen davon als Beobachtungsposten aussuchen würde. Doch schon in der nächsten Sekunde zerplatzte dieser Wunsch.

»Verdammt, das habe ich total vergessen«, schimpfte sie, kaum dass wir den Laden betreten hatten.

»Hä?« Ich sah sie fragend an.

»Na, das Eiscafé!« Sie machte eine ausladende Geste.

Erst verstand ich nur Bahnhof, aber dann kapierte ich. Wo sollten wir uns verstecken? Und dann fiel mein Blick auf die gegenüberliegende Seite, wo es ebenfalls nach draußen ging. Es war unmöglich, dass wir beide Außenbereiche und den Innenraum im Auge zu behalten. Schon gar nicht, ohne von Werner bemerkt zu werden.

Marianne nahm meine Hand und zog mich wieder nach draußen. Dort war ein kleiner Spielplatz. Wir kletterten auf das Piratenschiff und ließen die Beine herunterbaumeln. Eine Zeit lang hingen wir schweigend unseren Gedanken nach.

»Wir könnten uns aufteilen, so wie wir es eigentlich geplant hatten«, schlug Marianne vor, als ich gerade überlegte, wie Justus Jonas das Problem angehen würde. Bevor ich antworten konnte, stupste mich meine Cousine an.

»Ich würde sagen: Geheimsache Aal geht los«, raunte sie mir zu und nickte dabei unauffällig in Richtung Eiscafé. »Er ist da!«

Ich folgte ihrem Blick, konnte aber keinen Werner erkennen.

»Wo …?«, begann ich und unterbrach mich selbst, als ich ihn auf den zweiten Blick erkannte. Er hatte sich umgezogen. Er trug nicht mehr den feinen Anzug von heute morgen, sondern ein sportliches Polohemd und dazu Shorts. Sogar seine Haare hatte er gewaschen und von der Tonne Haargel befreit.

Als hätte er bemerkt, dass ihn jemand beobachtete, schaute er in unsere Richtung. Instinktiv zog ich die Schultern ein und versuchte, mich so klein wie möglich zu machen. Unnötig, wie ich kurz darauf feststellte. Werner fuhr sich lässig durch die Haare und setzte sich an einen der Außentische. Er zog sein Handy aus der Tasche und tippte darauf herum. Seine Umgebung schien ihn nicht zu interessieren.

Neben mir atmete Marianne hörbar aus. Ich stupste sie an.

»Los, komm!«, zischte ich kaum hörbar, obwohl ich wusste, dass Werner viel zu weit weg saß. Ich kletterte nach unten und sprintete leicht geduckt zu den Toiletten. Dort wartete ich auf Marianne, die mit fragendem Blick auf mich zukam.

»Jetzt sag nicht, dass du vor lauter Aufregung aufs Klo musst«, sagte sie und blieb vor mir stehen.

»Quatsch«, antwortete ich. »Es liegt doch auf der Hand. Wenn er draußen sitzt, dann können wir uns nach drinnen setzen. Und gerade eben ist in der Nähe des Fensters ein Platz freigeworden. Wenn wir uns …«

Mehr brauchte ich nicht zu sagen.

Wir betraten den Eisladen von der anderen Seite und steuerten zielstrebig auf den freien Tisch am Fenster zu. Ein paar ältere Damen am Tisch nebenan musterten uns neugierig. Rasch ließen wir uns auf die beiden Stühle mit Blick in Richtung Werner fallen und versteckten uns hinter zwei Eiskarten. Vorsichtig lugte ich hervor und sah, dass Werner noch immer mit seinem Smartphone beschäftigt war.

»Ich glaube nicht, dass er uns hier entdecken wird«, raunte ich Marianne zu.

Die Sonne schien und der Himmel spiegelte sich in den Scheiben. Außerdem saß Werner fast mit dem Rücken zu uns. Er musste sich schon umdrehen und ganz genau hinschauen, um uns hinter den Karten zu erkennen.

»Ich glaube, du hast recht.«

Ich konnte sehen, wie ihre Schultern sich entspannten.

»Wartet ihr noch auf eure Eltern oder wollt ihr schon was bestellen?«, riss uns eine freundliche Frauenstimme aus unseren Gedanken. Eine junge Kellnerin stand an unserem Tisch und sah uns fragend an.

Oje, daran hatte ich ja gar nicht gedacht. In einem Eiscafé konnten wir nicht einfach sitzen. Ich blickte hilflos zu Marianne, die sofort reagierte.

»Wir gucken noch«, antwortete Marianne und schaute dabei mit einem unschuldigen Lächeln hoch.

Die Kellnerin nickte und ließ uns alleine.

»Hast du Geld?«, flüsterte ich Marianne zu. »Ich hab vielleicht drei oder vier Euro.«

»Ich auch.«

Wir kramten in unseren Taschen und zählten unter dem Tisch das Geld. 10 Euro 93. Mehr als gedacht. Das sollte reichen, aber bevor wir wieder in die Karte schauen konnten, kam die Kellnerin

zurück. Diesmal sah sie nicht mehr ganz so freundlich aus und zog eine Grimasse, als sie an unserem Tisch stand.

»Habt ihr euch entschieden? Der Chef«, sie nickte unauffällig hinter sich, »hat heute nicht so gute Laune und gerade sind zwei ältere Damen wieder gegangen, weil kein Tisch frei war.«

»Ich verstehe!«, antwortete Marianne und warf einen gehetzten Blick in die Karte.

Die Kellnerin zwinkerte uns verschwörerisch zu, wippte aber gleichzeitig ungeduldig mit dem Fuß.

»Wir hätten dann gerne zwei Cola und eine große Kugel Schokoladeneis«, bestellte Marianne. »Und könnten Sie uns bitte zwei Löffel bringen?« Mit einem Seufzer notierte sie sich unseren Wunsch.

»Ähm, könnten wir auch gleich die Rechnung haben?«, rief ich ihr nach, als sie schon ein paar Schritte vom Tisch entfernt war.

»Nur für den Fall, dass Werner gleich wieder verschwindet und wir schnell losmüssen«, sagte ich leise. Das machte meine Mutter immer, wenn sie es eilig hatte und später nicht auf eine Kellnerin warten wollte. Die Karten stellte ich zurück an den Rand, aber so, dass Werner uns nicht direkt sehen konnte.

Wenig später nippten wir zufrieden an der Cola und löffelten gemeinsam das Eis.

»Psst«, machte Marianne plötzlich und deutete in Richtung Werner, »ich glaube, da passiert langsam was.«

Ruckartig drehte ich mich um und stieß dabei mit dem Ellenbogen die Karte um.

»Pass doch auf! Sonst sieht er uns noch«, zischte Marianne. Hastig richtete ich die Karte wieder auf und lugte vorsichtig dran vorbei. Werner saß nicht mehr, sondern war aufgestanden und umarmte eine blonde Schönheit, die ganz eindeutig weder Tante Linda noch die Frau vom Leuchtturm war. Galant zog Werner den gegenüberliegenden Stuhl vom Tisch, sodass sich seine Begleiterin setzen konnte. Erst dann setzte er sich ebenfalls und ergriff direkt ihre Hand. Ich musste sofort an ein verliebtes Pärchen in einem Hollywood-Streifen denken.

»Kannst du was verstehen?«, wisperte Marianne und ihre Stimme klang richtig aufgeregt. Ich schüttelte den Kopf. Zwar saß ich am Fenster und ich konnte auch Werners Stimme gedämpft hören, aber ich verstand nur Bahnhof.

»Die reden in einer Sprache, die ich nicht verstehe«

»Lass mal die Plätze tauschen«, bat sie mich und rutschte umständlich auf meinen Stuhl, während ich mich so unauffällig wie möglich auf ihren zwängte.

»Hab' ich es mir doch gedacht. Dänisch!«, raunte sie mir zu. An ihrer Miene konnte ich ablesen, dass sie angestrengt lauschte. Immer wieder biss sie auf ihrer Lippe herum und rutschte dabei unruhig auf dem Stuhl hin und her. Auch ich konnte kaum still sitzen. Während ich mich zu Marianne beugte, um zumindest einen besseren Blick auf Werner zu haben, stieß ich versehentlich gegen mein Glas. In letzter Sekunde fing ich es auf und nuschelte eine Entschuldigung.

»Verstehst du was?«, fragte ich nach einiger Zeit.

Sie nickte nur und legte ihren Zeigefinger auf die Lippen. Von Zeit zu Zeit nippte ich an meinem Glas und warf ab und zu einen Blick auf mein Handy. Zehn Minuten, zwanzig Minuten. Die Zeit verging. Inzwischen unterhielt sich Werner schon seit einer geschlagenen Dreiviertelstunde mit der Frau. Eine weitere Viertelstunde später warf uns der Chef genervte Blicke zu. Marianne hatte ihre Cola schon vor einer halben Stunde ausgetrunken und ich hatte nur noch einen winzigen Schluck übrig. Aber solange noch etwas im Glas war, konnte er schlecht die Kellnerin zu uns schicken, um uns zu fragen, ob wir noch etwas wollten. Meine Unruhe wuchs, als zu allem Überfluss auch noch meine Blase anfing, sich bemerkbar zu machen. Ich konnte nicht riskieren, dass mich Werner sah, wenn ich aufstand. Mit zusammengekniffenen Beinen saß ich da und flehte Werner mittels Gedankenübertragung an, endlich zu bezahlen. Konnte er sich nicht beeilen? Viel länger konnte ich es nicht mehr zurückhalten. Wenn nicht gleich ein Wunder geschah, würde ich mir in die Hose machen müssen oder unsere Tarnung aufgeben. Nach einer gefühlten Ewigkeit passierte das Wunder, Werner erhob sich.

»Endlich!«, stöhnte ich und schloss kurz die Augen. »Du weißt gar nicht, wie dringend ich aufs Klo muss.« Ich konnte schon förmlich die Erleichterung spüren.

»Duck dich!«, riss mich Mariannes Stimme in die Wirklichkeit zurück. Gerade noch rechtzeitig. Zu meinem Pech betrat Werner nämlich das Lokal und marschierte schnurstracks auf den Tresen zu. Das durfte nicht wahr sein! Verzweifelt schaute ich zu Marianne, die mit den Schultern zuckte. In diesem Moment war mir alles egal. Kaum sprach er mit der Kellnerin, stand ich auf und sprintete nach draußen. Vorbei an der Unbekannten und in Richtung des öffentlichen WCs, damit ich nicht an Werner vorbei musste.

»Spinnst du?«, empfing mich Marianne, als ich ein paar Minuten später vorsichtig die Tür öffnete, um zu schauen, ob die Luft rein war. Erleichtert trat ich nach draußen.

»Was hätte ich denn machen sollen? Mir in die Hose pinkeln? Da fand ich meine Lösung besser. Lässt sich jetzt aber auch nicht mehr ändern. Hat er mich gesehen?«

»Nein, zum Glück nicht.«

»Aber wir haben ihn verloren«, ergänzte ich und starrte schuldbewusst auf meine Sandalen.

»Ja. Ist aber nicht schlimm. Komm, lass uns zurückfahren.«

Bevor ich nachfragen konnte, ging sie schon Richtung Bushaltestelle. Was hätte ich dafür gegeben, jetzt ihre Gedanken lesen zu können.

10

Lauter Lügen

Im Bus hielt ich es nicht mehr aus. »Verrätst du mir jetzt endlich, warum es nicht schlimm ist, das wir den Aal verloren haben? Und vor allen Dingen, worüber sich die beiden unterhalten haben?«

Marianne sah zu mir und grinste doch tatsächlich. »Das wüsstest du wohl gerne.« Sie rutschte ein Stück näher.

Was sie in den nächsten Minuten erzählte, war mehr als interessant: Die Frau war mit der Fähre aus Dänemark gekommen. Immer wieder hatte sie Werner »Liebling« genannt und er sie »Hase«. Daraus schloss Marianne das gleiche wie ich – die beiden waren ein Paar. So wie Marianne es verstanden hatte, log Werner sie an. Was genau er ihr alles erzählte, wusste Marianne nicht. Nur, dass er ihr versprach, in zwei bis drei Wochen zu ihr zu kommen, dann sei das Bauprojekt erledigt.

»Das ist ja krass«, platzte es aus mir heraus. »Ein Bauprojekt? Ich kapier das nicht. Warum erzählt er deiner Mutter, dass er eine Computerfirma hat, und dieser Frau was von einem Bauprojekt? Und wer ist dann die andere Frau?«

»Wenn ich das wüsste«, sagte Marianne grübelnd. »Am Anfang dachte ich, dass er sich einfach besser darstellt, als er ist. Es gibt doch viele Idioten, die sonst was behaupten, aber totale Versager sind. Aber jetzt …«

Prompt fiel mir ein Liebesroman ein, den ich vor einigen Monaten gelesen hatte. Dort ging es um einen Jungen, der gleichzeitig mit mehreren Mädchen ausging, weil er sich einfach nicht festlegen wollte. Ich erzählte Marianne von dem Buch. »Aber bei Werner ergibt das keinen Sinn«, beendete ich meine Zusammenfassung. »Wenn er auch so drauf ist, warum will er dann deine Mutter heiraten?« Das widersprach jeglicher Logik, wie auch Marianne fand. Resigniert seufzte ich. Je mehr wir erfuhren, umso komplizierter wurde es.

Am nächsten Tag wachten wir erst um 9 Uhr auf. Als wir zum Frühstück runterkamen, war Tante Linda schon im Laden und von Werner fehlte jede Spur. Deshalb verzichteten wir darauf, ihn auf gut Glück zu suchen, und beschlossen, den Vormittag im Schwimmbad zu verbringen. Nachdem wir uns gestärkt hatten, zogen wir los. Diesmal war unser Ziel die Sylter Welle, das Freizeitbad am Strand von Westerland.

»Nur noch geradeaus, dann sind wir da!«, versprach Marianne. »Du wolltest ja lieber mit dem Bus fahren statt mit dem Fahrrad. Da müssen wir eben noch ein Stück laufen.«

»Da wusste ich nicht, dass es jetzt schon fast 30 Grad sind«, erwiderte ich mit einem Seufzer und widmete meine Aufmerksamkeit wieder den bunten Auslagen der verschiedenen Geschäfte in der Fußgängerzone.

»Wow, guck dir mal das Kleid an«, schwärmte ich und blieb vor einem Schaufenster stehen, um mir das Preisschild anzusehen. »Und heute sogar 60 Prozent auf alle T-Shirt-Kleider! Hast du was dagegen, wenn ich es anprobiere?«

Ohne ihre Antwort abzuwarten, drückte ich ihr meine Tasche in die Hand und betrat das kühle Geschäft. Schnell hatte ich den Ständer mit dem Kleid gefunden. Aus der Nähe betrachtet, sah das

aufgedruckte glitzernde Einhorn noch magischer aus. Ich suchte schnell nach der kleinsten Größe und ging in die Umkleide. Ich hatte gerade meine Sachen ausgezogen und das Kleid übergestreift, als eine mir bekannte Stimme im Laden ertönte: »Haben Sie dieses Oberteil in Größe 38?« Ich erschrak. Was machte Werner hier? Hatte er mich gesehen? Und wo war Marianne? Von draußen hörte ich ein Rascheln.

»Danke, sehr freundlich von Ihnen!«

Verdammt, ich musste sehen, was er da machte. Ich ging in die Hocke, und schob den Vorhang ein kleines Stück zur Seite. Nur so viel, dass ich gut durch die Öffnung schauen konnte. Tatsächlich, es war Werner, der ein geblümtes, sommerliches Top in die Höhe hielt und von allen Seiten betrachtete. Mit einem Seufzer hängte Werner es zurück.

»Wirklich sehr schön! Könnte aber sehr knapp werden. Haben Sie es vielleicht eine Nummer größer?« Die Verkäuferin überlegte kurz und ging dann zu der Schaufensterpuppe, die das Oberteil präsentierte. Während sie damit beschäftigt war, es der Puppe auszuziehen, nahm ich eine winzige Bewegung wahr. Ein geübter Handgriff, und das eben noch begutachtete Oberteil glitt vom Bügel. Schwupps verschwand es unter der Jacke, die er über den Arm gelegt hatte. Ich blinzelte und schaute noch einmal genauer hin. Ich kniff die Augen zusammen, konnte aber bei dem vollen Ständer nicht erkennen, ob dort ein leerer Bügel hing oder nicht. Bevor ich weiter grübeln konnte, kam die Frau mit dem größeren Modell zurück und zeigte es ihm.

»Hmm, ich weiß nicht.« Während er eine Pause einlegte, rieb er sich nachdenklich das Kinn. »Ich glaube, ich sollte besser mit meiner Frau noch einmal vorbeischauen, damit sie es anprobieren kann. Ich danke Ihnen, meine Teuerste!«

Von meiner Position aus konnte ich nur sehen, dass er ihr das Oberteil zurückgab und zum Ausgang ging. Ich ließ den Vorhang los und lehnte mich zurück.

»Puh«, entfuhr es mir, als ich die Türglocke hörte. Er hatte mich nicht entdeckt. Doch da fiel mir Marianne ein. Wenn er sie nun sah? Ich rappelte mich auf und schlüpfte so schnell ich konnte aus dem Kleid, das mir ohnehin zu groß war, und zog mich an. Vorsichtig öffnete ich den Vorhang wieder einen kleinen Spalt und spähte hinaus. Gerade noch konnte ich einen Blick auf Werner erhaschen, der in die gleiche Richtung ging wie wir vorher. Nichts wie hinterher. Ich konnte nicht riskieren, ihn aus den Augen zu verlieren. Achtlos hängte ich das Kleid an seinen Platz, murmelte eine Entschuldigung und stürzte nach draußen. Suchend blickte ich mich um und entdeckte Werner, der gerade ein Geschäft betrat. Gut so, dachte ich, aber wo war Marianne? Von ihr fehlte jede Spur. Hektisch sah ich mich um. Sie musste sich doch irgendwo versteckt haben.

»Pssst«, ertönte es plötzlich hinter mir. Hinter einem riesigen Postkartenständer stand Marianne.

»Da ist Werner!«, sagte ich aufgeregt.

Sie trat hervor und winkte ab.

»Das weiß ich doch. Du warst gerade im Laden, da kam Werner aus dem Brillengeschäft gegenüber. Mir blieb keine Zeit, dich zu warnen. Ich konnte mich gerade noch verstecken.« Sie deutete auf den Ständer. »Hat er dich gesehen?«

Ich schüttelte den Kopf. »Ich war schon in der Umkleidekabine. Dafür habe ich ihn beobachten können. Du glaubst mir nie, was ich gesehen habe.«

Wenn sie das hörte, dann ... Marianne räusperte sich und schüttelte kaum merklich den Kopf. Irritiert blickte ich sie an. Hatte sie es auch gesehen oder wollte sie nicht wissen, was ich gesehen hatte?

»Na, was macht ihr denn hier?«, ertönte Werners Stimme unmittelbar hinter mir. Ich zuckte zusammen. Verdammt, schoss es mir durch den Kopf. Hatte er mich gehört? Warum hatte ich ihn auch nicht im Auge behalten? Dumme Nuss!, schimpfte ich mich selbst. Mein Herz schlug mir bis zum Hals und meine Kehle fühlte sich wie zugeschnürt an. Langsam drehte ich mich um. Er sah mir direkt in die Augen. Auf der Stelle merkte ich, wie meine Wangen rot wurden. Ahnte er etwas?

»Wir sind auf dem Weg ins Schwimmbad«, antwortete Marianne. »Aber Caro hat eben diese Ansichtskarten entdeckt und sich überlegt, ihrer Mutter eine Karte zu schicken.«

Sie lächelte und schien damit Werners Neugierde zu stillen. Bewundernd sah ich meine Cousine an. Marianne überraschte mich immer wieder. Sonst war sie so schüchtern und auch manchmal unsicher, aber wenn es darauf ankam, war sie um Längen cooler als ich.

»Na dann!«, sagte Werner und musterte uns für meinen Geschmack zu lange. Ohne den Blick abzuwenden, legte er seine Hand auf meine Schulter. Augenblicklich wurden meine Knie weich wie Butter.

»Ich würde die Karte mit dem Sonnenuntergang nehmen«, sagte er und wedelte mit dem Exemplar vor meiner Nase herum. Vor lauter Angst hatte ich gar nicht bemerkt, wie er danach gegriffen hatte. Er ließ mich los und sagte: »Ich wünsche euch viel Spaß!« Damit drehte sich Werner um und verschwand in der Touristenmenge.

Erst als ich ihn nicht mehr sehen konnte, fiel die Anspannung von mir ab. Fröstelnd rieb ich die Gänsehaut auf meinen Armen.

»Das war knapp!«, murmelte ich.

»Wem sagst du das? Ein Glück, dass es dir die Sprache verschlagen hat. Meine Warnung hast du ja anscheinend nicht verstanden.« Marianne grinste.

»Bei dem, was im Laden passiert ist, hättest du das auch nicht«, antwortete ich. »Kann eben nicht jeder in brenzligen Situationen einen so kühlen Kopf bewahren wie du. Ich steh dann immer auf dem Schlauch und bekomme kein Wort raus.«

»Glaub mir«, meinte sie, »das ist bei mir auch nur pures Glück.«

Erst in der Damenumkleide des Schwimmbads fühlten wir uns wohler. Dort erzählte ich ihr, was ich im Geschäft beobachtet hatte.

Gut gelaunt waren wir fünf Stunden später wieder zuhause. Im Flur aber blieben wir ruckartig stehen und hörten auf zu tuscheln. Denn Tante Linda stand mit ernstem Blick und verschränkten Armen in der Wohnzimmertür. Wenn meine Mutter so guckte, erwartete mich immer ein böses Donnerwetter. Aber so wütend wie Tante Linda hatte ich sie noch nie erlebt. Sie machte mir regelrecht Angst, während ich in Gedanken durchging, was Marianne oder ich verbrochen haben konnten. Waren wir zu spät? Hätte sich Marianne nicht die 20 Euro aus der Keksdose nehmen dürfen? Hatte Werner etwas erzählt? Tante Linda stieß einen lang gezogenen Seufzer aus.

»Caro, gehst du bitte nach oben? Ich muss mit meiner Tochter reden. Jetzt!«

Ich warf Marianne einen besorgten Blick zu und konnte in ihren Augen sehen, dass sie weder wusste, worum es ging, noch dass sie große Lust auf das Gespräch hatte. Auch der Funken Angst, der aufglimmte, war nicht zu übersehen.

»Das war keine Bitte, Caro!«

Ich zuckte zusammen und wäre am liebsten dageblieben, wo ich stand. Neben Marianne. Aber es gibt Momente, da ist es einfach besser zu gehorchen. Und dies war so einer. Mit mulmigem Gefühl ging ich betont langsam die ersten Stufen nach oben. Ein letzter Blick über die Schulter. Tante Linda hatte Marianne ihre Hand auf die Schulter gelegt und führte sie ins Wohnzimmer. Die Tür schloss sich mit einem lauten Klicken. Ich hielt inne und blieb auf der fünften Stufe stehen. Mit angehaltenem Atem lauschte ich. Zwar kannte ich das Sprichwort »Der Lauscher an der Wand hört seine eigene Schand«, aber ich musste wissen, worum es ging. Vielleicht brauchte Marianne meine Hilfe. Auf keinen Fall wollte ich sie im Stich lassen.

Durch die Tür gedämpft hörte ich Tante Linda: »Von dir hätte ich deutlich mehr erwartet.« Ihre Stimme klang beherrscht, wütend und traurig zugleich. Mir rutschte das Herz in die Hose. »Hast du nicht immer alles bekommen?«

»Natürlich, aber Mama … Ich verstehe nicht …« An Mariannes Ton konnte ich erkennen, dass sie wirklich nicht die geringste Ahnung hatte, wovon ihre Mutter sprach.

»Und warum beklaust du mich dann?«

»Wie bitte? Ich habe dich niemals …«, begann Marianne, aber Tante Linda unterbrach sie.

»Spar dir deine Lügen. Der Paketbote hat mir heute Morgen ein Paket für dich gebracht. Was meinst du, wie ich geschaut habe, als ich nachsehen wollte, was du von Amazon bekommst – ein nagelneues iPhone X.«

Ich atmete hörbar aus.

»Ein iPhone X?«

»Tu nicht so überrascht! Ich habe meinen Amazon Account überprüft und festgestellt, dass in den letzten Tagen zahlreiche Sachen mit meiner Kreditkarte gekauft wurden. Und zwar alles auf deinen Namen.«

»Warum sollte ich ...?«

Ein lautes Schnaufen ertönte.

»Genau das habe ich mich auch gefragt. Warum solltest du? Zuerst dachte ich an Werner, der hat aber alles abgestritten. Stattdessen hat er mir ein paar Sachen über dich erzählt. Zum Beispiel, dass er dich häufig in der Nacht an meinen PC erwischt hat, wenn er aufs Klo musste.« Sie legte eine kurze Pause ein. »Werner und ich haben dann dein Zimmer durchsucht.«

»Aber Mama ...!«, rief Marianne dazwischen, als könnte sie nicht glauben, dass ihre Mutter so etwas getan hatte.

Fragend runzelte ich die Stirn. Werner war schon komisch, aber hatte ich mir das alles vielleicht nur eingebildet? Wie oft hatte meine Mutter gesagt: Du hast eine blühende Fantasie. Mit einem Mal kamen mir leichte Zweifel. Gerade die Sache mit dem Computer machte mich stutzig. War Werner vielleicht im Büro gewesen, um sie auf frischer Tat zu ertappen und ich hatte alles falsch verstanden? Vielleicht hatte Marianne mir das alles nur erzählt, um von sich abzulenken. Und die Frau, mit der Werner Dänisch sprach ... Im Grunde hatte Marianne mir erzählt, worüber gesprochen wurde. Wieder war meine Cousine die Quelle. Wenn ich genau nachdachte, war ich mir nicht einmal mehr sicher, ob ich Werner wirklich beim Klauen beobachtet hatte. Es ging so schnell ...

Ich schüttelte den Gedanken ab und rief mir die Liste ins Gedächtnis. Wie konnte ich bloß an Marianne zweifeln! Genau das bezweckte Werner doch! Ein Rascheln aus dem Wohnzimmer holte mich aus meinen Grübeleien.

»Dann kannst du mir ja sagen, was das ist! Werner hat es hinter deinem Bett gefunden.« Mist, ich wünschte, ich könnte sehen, was sich im Wohnzimmer abspielte.

»Das ... das ist nicht meine!«, stammelte Marianne panisch. »Ich weiß nicht ...«

»Spar dir die Ausreden, junge Dame! So habe ich dich nicht erzogen.« Meine Tante seufzte wieder laut. »Das ist die Sonnenbrille, die auf deinen Namen bestellt wurde. Und das hier? An dem Top hängt sogar noch ein Preisschild: 99 Euro 98. Woher hast du so viel Geld? Von mir mit Sicherheit nicht. Ich frage dich also nur einmal: Hast du es geklaut?«

»Mama! Das ist nicht meins! Ehrlich!«

»Willst du behaupten, dass es Caro gehört?«

»Nein, aber ...«

»Wenigstens versuchst du nicht, es jemand anderem in die Schuhe zu schieben, denn ich habe es in deinem Schrank hinter den Pullovern entdeckt.« Einen Moment schwieg meine Tante, und mit einem Mal klang ihre Stimme nur noch traurig. »Spatz, ich weiß nicht, was mit dir los ist, aber so kann es unmöglich weitergehen. Das kann ich nicht akzeptieren. Ich habe mir die Entscheidung nicht leicht gemacht, aber wenn du mir dafür keine logische Erklärung liefern kannst, dann ...«

»Was dann? Bekomme ich Hausarrest, kein Taschengeld?«, antwortete Marianne leicht trotzig. Die Panik in ihren Worten war nicht zu überhören. Fast schon solidarisch hielt ich die Luft an, während wir auf die Antwort warteten.

»Dann kommst du ins Internat«, mischte sich Werner ein, der die ganze Zeit daneben gestanden haben musste. »Ich denke, das ist das Beste für alle Beteiligten. Auf keinen Fall lasse ich zu, dass du deiner Mutter weiterhin solchen Kummer bereitest.«

»Mama«, flüsterte Marianne.

»Werner hat recht.«

Wie bitte? Ich war eindeutig im falschen Film. Das konnte meine Tante unmöglich gesagt haben! Die Szene von Werner und meinem angeblichen Heimweh tauchte vor meinem geistigen Auge auf. Das musste das Gleiche sein. Aber warum?

»Also, Fräulein, wo hast du das Top her?«, meldete sich Werner erneut zu Wort.

»Ich …«

Dieses Top – ich musste es sehen. Ich sprang die wenigen Stufen nach unten und stürmte ins Wohnzimmer. Alle Augen waren auf mich gerichtet, als ich die Tür aufriss. Werner schnappte hörbar nach Luft.

»Solltest du nicht oben warten?« Wütend funkelte er mich an. Ich ignorierte seine Frage und suchte den Raum nach dem Oberteil ab. Meine Tante hielt es in der Hand. Weiß, mit lila Schrift und ein paar Blumen. Das war das Oberteil aus dem Laden. Ganz eindeutig. Mit drei Schritten war ich bei ihr und riss es aus Tante Lindas Hand.

»DAS gehört nicht Marianne, sondern Werner! Ich habe gesehen, wie er es heute geklaut hat! Ich wette, er hat auch die anderen Sachen bestellt und will es nur Marianne in die Schuhe schieben. Genauso, wie er das mit meinem Heimweh behauptet hatte, was gar nicht stimmte.« Im Zimmer war es totenstill.

»Und mit anderen Frauen trifft er sich auch! Wir haben ihn Freitagnachmittag am Hafen gesehen! Außerdem ist er gar nicht Computerspezialist und ich würde mein ganzes Taschengeld darauf verwetten, dass er nicht mal Werner Deutz heißt!«

Ich konnte sehen, wie meine Tante mit jedem Wort bleicher wurde. Mit einem Mal wirkte sie richtig zerbrechlich. Es tat mir weh, sie so zu sehen, aber jemand musste die Wahrheit aussprechen. Wenn nicht jetzt, wann dann? Ihr Blick flatterte zwischen Marianne, Werner und mir hin und her. Ungläubig, ängstlich. Gerade wollte ich ihr von der Visitenkarte erzählen, als Werner sich einmischte. Inzwischen war sein Kopf so rot wie eine reife Tomate.

»Absurd, völlig absurd und haltlos! Eine dreiste Lüge! Und das kann ich beweisen.«

Laut vor sich hin fluchend verließ er das Wohnzimmer und kehrte mit seinem Handy zurück. Sein Kopf hatte wieder eine normale Farbe und ein siegessicheres Grinsen lag auf seinen Lippen.

In dieser Sekunde wusste ich, dass ich in seine Falle getappt war. Werner hatte versucht, herauszufinden, was wir wussten. Und ich dämliche Kuh hatte es ihm verraten.

»Die einzige Frau, mit der ich mich getroffen habe, war eine Kundin. Hier!« Er drückte auf seinem Handy herum und kurz darauf tutete es laut. Werner hatte den Lautsprecher angestellt.

»Edel«, meldete ich eine Frauenstimme.

»Werner Deutz am Apparat. Tut mir leid, dass ich Sie störe, Frau Edel.«

»Ach, Herr Deutz. Wie kann ich Ihnen behilflich sein?«

Verlegen räusperte er sich. »Es ist mir sehr unangenehm. Wäre es möglich, dass Sie meiner zukünftigen Frau kurz bestätigen, dass ich die letzten Tage bei Ihnen war, um ihr Computersystem auf den neusten Stand zu bringen?«

»Natürlich – wenn Ihnen das hilft. Herr Deutz war von Dienstag bis einschließlich heute Nachmittag in meinem Unternehmen tätig. Benötigen Sie auch noch die genauen Zeiten? Dann schaue ich kurz auf den Stundennachweis.«

»Nein, nein, alles gut«, stammelte Tante Linda und schaute mich mit zusammengekniffenem Augen an. Im Hintergrund hörte ich Werner noch einige Worte ins Telefon murmeln, ehe er auflegte und sich wieder mir zuwandte.

»Ich weiß nicht, wen du am Freitag gesehen haben willst. Aber ich kann es nicht gewesen sein. Marianne kann sich glücklich schätzen, dass du ihr mit deiner blühenden Fantasie aus der Patsche helfen willst, aber du solltest wissen«, sein Grinsen wurde noch eine Spur breiter, sodass mir speiübel wurde, »dass du ihr nicht hilfst, indem du jemanden falsch beschuldigst. Im Gegenteil – du machst dich mit solchen Aussagen sogar strafbar. Wusstest du das? Lass dir das einfach einmal durch den Kopf gehen.«

»Und Eltern haften für ihre Kinder!«, schleuderte ich ihm spontan entgegen.

Werner erwiderte nichts darauf.

Ich kniff meine Lippen zusammen und warf ihm einen bitterbösen Blick zu.

»Aber Tante Linda ...« Ich merkte selbst, dass ich wie ein kleines Mädchen klang, dass bei einer Lüge ertappt wurde. Ich brach den Versuch ab und überlegte, womit ich sie überzeugen konnte.

Meine Tante stand die ganze Zeit wie ein Häufchen Elend neben Werner, der inzwischen schützend den Arm um sie gelegt hatte. Als ich das sah, platzte mir der Kragen. Auf keinen Fall durfte Werner gewinnen.

»Ich hab genau gesehen ...«

»Caro, noch ein Wort und du fährst noch heute nach Hause«, meldete sich nun meine Tante. Nur ein paar Worte, die ihre Wirkung nicht verfehlten.

»Aber ... Marianne! Sag doch auch mal was!« Ich sah mich um, aber Marianne war nicht mehr im Wohnzimmer. Sang und klanglos war sie verschwunden und hatte mich alleine zurückgelassen.

»Warum zur Hölle bist du einfach abgehauen, statt mich zu unterstützen? Immerhin habe ich versucht, dir den Arsch zu retten!«

Marianne lag zusammengerollt auf ihrem Bett und wandte mir den Rücken zu. Ich kochte vor Wut. Nicht nur, weil sie abgehauen war. Vor allem war ich wütend auf mich selbst, weil ich in Werners verdammte Falle getappt war.

»Helfen? Was hat es denn gebracht?«, kam es schniefend vom Bett.

»Wenn wir zusammengehalten hätten, hätte sie uns glauben müssen«, warf ich ein, obwohl ich genau wusste, dass das nicht stimmte.

»Hast du geglaubt, dass wir schlauer sind als Werner? Genau deswegen wollte ich erst stichhaltige Beweise, bevor ich Mama überhaupt von meinem Verdacht erzähle.«

Mit verheultem Gesicht drehte sie sich zu mir. Das nahm mir den Wind aus den Segeln

»Jetzt glaubt Mama mir erst recht nicht und diesem Betrüger dafür wahrscheinlich umso mehr. Ich will nicht ins Internat!«

Marianne hatte Recht. Werner hatte uns deutlich gezeigt, dass wir nur Kinder waren und er am längeren Hebel saß. Und ich hatte alles noch verschlimmert. Werner war nun endgültig gewarnt.

»Es … Ich wollte doch nur … Ich konnte doch nicht …«, stammelte ich.

»Das weiß ich doch auch«, schniefte sie. »Wahrscheinlich wäre ich andersherum genauso reingeplatzt – danke.«

Den restlichen Tag verkrochen wir uns in ihrem Zimmer und niemand schien uns zu vermissen. So hatten wir die Gelegenheit für einen Kriegsrat. Werner musste das Handwerk gelegt werden, aber wie? Alleine konnten wir es unmöglich schaffen. So viel war uns inzwischen klar. Jedoch mussten wir erst einmal die Wogen glätten. Marianne durfte auf keinen Fall ins Internat.

Am Morgen passte Marianne ihre Mutter noch vor dem Frühstück ab. Bis in die Nacht hatten wir nach einer guten Ausrede gesucht.

»Mama, es tut mir leid«, murmelte Marianne und sah schuldbewusst auf ihre Schuhspitzen. »Ich hab das alles nicht bis zum Ende bedacht, dass du das ja auch bezahlen musst.«

An dieser Stelle sah sie ihrer Mutter in die Augen und schaffte es sogar, eine Träne die Wange hinunterrollen zu lassen. Als ich das sah, musste ich innerlich grinsen. Sie war fast so gut wie Werner.

»Können wir die Sachen nicht einfach zurückschicken? Ich verspreche, es kommt nie wieder vor. Ehrenwort! Nur bitte schick mich nicht weg.«

Während sie das sagte, trat sie einen Schritt vor, und nahm ihre Mutter unsicher in den Arm. Erst passierte nichts, aber dann erwiderte meine Tante die Geste und strich ihr über den Rücken.

»Und du musst mir glauben. Das Top habe ich nicht geklaut ... Du weißt, sowas würde ich nie machen«, kam es gedämpft von Marianne. »Ich klau doch noch nicht mal eine Weintraube im Supermarkt. Das Top hat jemand im Bus vergessen. Ich weiß, ich hätte es beim Busfahrer abgeben müssen, aber es war so schön.«

Tante Linda seufzte und drückte ihr einen Kuss auf den Kopf. »Schon gut, ich habe gestern vielleicht auch etwas überreagiert. Am Montag bringst du das Oberteil zum Fundbüro. Das Handy habe ich Werner geschenkt, den Rest kannst du als Weihnachts- und Geburtstagsgeschenke der nächsten zwei Jahre ansehen. Aber ...«, sagte sie und es war deutlich, dass sie jedes der kommenden Worte ernst meinte, »noch ein Fehltritt und du kommst ins Internat!« Puh, das war noch mal gut gegangen.

Als nächstes kam mein Auftritt. Auch ich entschuldigte mich vielmals, weil ich wegen Werner gelogen hatte. Beim Frühstück entschuldigte ich mich sogar bei Werner. Das fiel mir am schwersten, denn er grinste die ganze Zeit schadenfroh.

Trotz unserer Entschuldigungen herrschte irgendwie dicke Luft. Tante Linda verschwand direkt nach dem Frühstück und hinterließ uns lediglich einen Zettel mit verschiedenen Pflichten. Staubsaugen, Badezimmer putzen, Unkraut jäten – die Liste war lang und würde uns den ganzen Tag beschäftigen. Sogar uns war klar, dass sie so weiteren Unfug und dumme Gedanken unterbinden wollte.

Wir nahmen uns eine Aufgabe nach der anderen vor und bemühten uns, sie so gut wie möglich zu erledigen, damit Tante Linda zufrieden sein würde. Während wir schufteten, chillte Werner auf der Couch. Er hatte gewonnen und das zeigte er uns deutlich. Ab und zu schaute er nach uns und kontrollierte unsere Arbeit.

»Dir vergeht noch dein dämliches Grinsen«, flüsterte ich, als er aufstand, zur Terrassentür kam und uns beim Unkrautzupfen in der heißen Mittagssonne beobachtete, während er an einem Glas kalter Cola nippte. »Wart's nur ab!«

So leicht würden Marianne und ich nicht aufgeben. Immerhin ging es hier um die Familie. Und Mama hatte mir schon als kleines Kind beigebracht, dass Familie das Wichtigste war.

11

Der Aal wird nervös

»Es gibt Neuigkeiten!«, platzte ich am späten Nachmittag heraus, als ich zu Marianne zurück in den Garten kam. »In Sachen *Geheimsache Aal*«, fügte ich leiser hinzu. Verstohlen warf ich einen Blick zur Terrassentür, aber die Bewegung, die ich bemerkt hatte, war nur mein Spiegelbild in der Scheibe gewesen. Trotzdem sprach ich weiterhin leise, als ich Marianne erzählte, was ich vor wenigen Minuten mitbekommen hatte.

»Ich sitze gerade auf dem Klo, als die Haustür aufgeht. Deine Mutter kommt rein, ruft Werner und sagt: ›Wir müssen reden.‹ Dann höre ich nur die Tür und es wird leise. Kurz habe ich überlegt, dann hab ich die Schuhe ausgezogen, mich nach draußen geschlichen und die Haustür geöffnet. Ich hab noch gesehen, wie sie in den Laden deiner Mutter verschwunden sind. Mein Bauchgefühl hat mir gesagt, dass das wichtig sein könnte. Also bin ich den beiden gefolgt und hab mich unter dem Fenster versteckt. Zum Glück war es auf Kipp, sonst hätte ich nicht viel verstanden.«

Marianne rollte die Augen und gab mir zu verstehen, dass ich endlich auf den Punkt kommen sollte.

»Jedenfalls höre ich, wie deine Mutter sagt, dass sie über seine Worte nachgedacht hat und er recht hat. Erst dachte ich, dass es wieder um das dämliche Internat geht, aber weit gefehlt.«

»Sondern?«, hakte Marianne nach und warf einen nervösen Blick in Richtung Haus.

»Also ...«, begann ich, wurde aber unterbrochen, denn Tante Linda kam auf die Terrasse. Mein Herz raste.

»Ich muss noch mal weg. Wenn was ist, ich hab das Handy mit.«

Tante Linda verschwand wieder im Haus und kurz darauf hörte ich die Autotür.

Endlich beruhigte sich mein Herzschlag wieder.

»Und?« Marianne sah mich erwartungsvoll an.

»Moment!« Ich rannte ins Haus. Werners Schuhe fehlten. Er war also mitgefahren. Auf dem Rückweg holte ich aus der Küche zwei Gläser von Tante Lindas selbstgemachtem Eistee.

»Sie sind weg. Werner auch«, verkündete ich, reichte Marianne ein Glas und setzte mich im Schneidersitz zu ihr auf den Boden.

Nachdem ich einen großen Schluck getrunken hatte, setzte ich meinen Bericht fort. »Es geht um Geld. Sie will gleich morgen Früh mit ihm zur Bank und ihm eine Kontovollmacht ausstellen lassen. Ihre genauen Worte waren: ›Du hast recht, Liebling. Ich habe wirklich keinen Überblick über die Finanzen. Sogar mein Steuerberater beschwert sich ständig.‹ Dann hat sie ganz laut geseufzt und ihn geküsst. Zumindest klang es danach. Und dann meinte sie: Nach der Hochzeit haben wir sowieso ein gemeinsames Konto, warum also nicht jetzt schon alles zusammenlegen.«

»Und?«, fragte Marianne.

Manchmal war sie aber auch auf den Kopf gefallen. Sogar ich wusste, was das bedeutete.

»Wenn er die Kontovollmacht hat, verschwindet er auf Nimmerwiedersehen«, klärte ich Marianne auf. »Typische Masche von Heiratsschwindlern.«

Marianne riss die Augen auf. »Du meinst ...«

»Klar, die versprechen Frauen das Blaue vom Himmel, um an ihr Geld zu kommen. Irgendwann hauen sie dann ab. Das habe ich vor einigen Monaten in der Zeitung gelesen. Da war so ein Betrüger, der das im großen Stil aufgezogen hat. Mehrere Frauen gleichzeitig und

er soll fast 100 000 Euro erbeutet haben.« Ich kramte mein Handy aus der Hosentasche und fand auf Google schnell, was ich suchte. »Hier«, sagte ich und reichte ihr das Handy. Die nächsten Minuten überflog sie die Artikel über den Hamburger Dating-App-Betrüger.

»Ich dachte immer, dass die sich reiche Frauen aussuchen, aber er hat seine Opfer auch über eine Dating-Seite kennengelernt«, erklärte ich ihr. »Würde doch einen Sinn ergeben, oder?«

»Naja, irgendwie schon«, stimmte sie mir zu. »Und arm ist Mama auch nicht. Das Haus ist zwar nur gemietet, aber es gehört meinem Großvater und deswegen dürfen wir fast umsonst hier wohnen. Und der Laden wirft eine Menge ab. Mama kann in den Sommermonaten genug sparen, damit wir im Winter gut über die Runden kommen.« Doch dann sagte sie entsetzt: »Wenn er es auf Mamas Ersparnisse abgesehen hat, dann … dann haben wir keine Reserven, wenn die Touristen weniger werden.«

Jetzt, wo in die Sache mit Werner allmählich Licht kam, bekam ich es mit der Angst zu tun. Wie weit würde er wohl gehen, um an das Geld zu kommen?

Schweigend tranken wir unseren Eistee und hingen unseren Gedanken nach.

»Essen!«, rief uns Tante Linda um Punkt 19 Uhr.

»Lass dir bloß nichts anmerken«, flüsterte ich Marianne zu, bevor wir das Haus betraten. »Noch weiß er nicht, dass wir das mit dem Geld wissen. Und vielleicht denkt er, wir lassen nun die Finger von ihm.«

Der Duft nach Brathähnchen ließ mir das Wasser im Mund zusammenlaufen. Vor lauter Grübeleien hatte ich gar nicht bemerkt, dass ich Hunger hatte. Mariannes Magen knurrte ebenfalls. Ich beeilte mich mit Umziehen und Händewaschen, aber Marianne ließ sich viel Zeit. Werner war natürlich allerbester Laune, als ich mich an den Tisch setzte. Auf seinem Teller thronte selbstverständlich das Beste vom ganzen Hähnchen – die beiden Bruststücke. Für uns blieben nur zwei Flügel und die Schenkel übrig. Tante Linda schien das alles nicht zu stören. Sie strahlte über beide Ohren und fragte ihn: »Soll ich dir die Brust noch vom Knochen trennen?«

Der Blödmann nickte doch tatsächlich. Fehlte nur noch, dass er sich füttern ließ. Ich wollte gerade eine ironische Bemerkung fallen lassen, als das Telefon klingelte. Werner warf einen Blick zur Tür, zu Tante Linda und stierte dann wieder gierig auf sein Fleisch, das meine Tante gerade zerteilte.

»Marianne?«, rief meine Tante nach oben, aber es kam keine Antwort. Sie seufzte.

»Caro, bist du so lieb?«, bat sie mich. »Du siehst ja, ich kann gerade nicht.«

Kopfschüttelnd ging ich in den Flur. Erst jetzt fiel mir auf, dass das Telefon eine Schnur hatte. Ich brauchte eine Sekunde, denn so was hatte ich noch nie gesehen. Echt krass. Aber irgendwie auch praktisch, denn da konnte der Akku zumindest nie leer sein.

»Ja?«, meldete ich mich.

»Söhnke Schneider. Sind sie das, Herr Deutz?«

Ich runzelte die Stirn und öffnete schon den Mund, um ihm zu sagen, dass ich ihn holen würde. Aber etwas hielt mich davon ab. Stattdessen hielt ich mir die Hand vor den Mund und nuschelte: »Am Apparat.«

»Entschuldigung, ich kann Sie leider nur schlecht verstehen. Herr Deutz, sind Sie das?«, hakte mein Gegenüber noch einmal nach. War ja klar, dass das nicht klappt. Gerade wollte ich die Hand vom Mund nehmen, als mir ein Gedanke kam. Natürlich! Eine schlechte Verbindung. Wie oft ärgerte sich meine Mutter, wenn sie nur die Hälfte verstand.

»Am Apparat«, wiederholte ich mit tiefer Stimme. »Herr Schneider ... schön ... ich ... tun?«

»Wie bitte? Ich verstehe nur die Hälfte. Warten Sie kurz!«

Am anderen Ende raschelte es und ich hörte ein leises Fluchen: »Dämliches Handy!«

Zwei, vielleicht auch drei Sekunden tat sich nichts. Ich hörte nur das Klappern des Bestecks aus dem Wohnzimmer.

Dann hörte ich ein Knacken und Herr Schneider war zurück am Telefon.

»Besser?«, fragte er.

»Ja«, antworte ich ganz tief und hielt dabei den Hörer extra weit weg. »Die Verbindung.«

»Daran wird es liegen.« Ein Seufzen ertönte. »Modernste Technik, aber so was Simples bekommen sie nicht in den Griff. Wie auch immer. Gut, dass ich Sie noch im Büro erreiche. Ihr Handy war aus und ich dachte, ich probiere einfach mal mein Glück, auch wenn Sie sagten, Sie sind immer nur von 9 bis 11 oder von 14 bis 16 Uhr im Büro.«

Wohl eher Tante Lindas Öffnungszeiten. Ich konnte mir ein Schnauben nicht verkneifen.

»Bin auf dem Sprung«, gab ich knurrend zurück.

»Dann fass ich mich lieber kurz. Ich wollte mich nur noch einmal erkundigen, ob es bei morgen Nachmittag bleibt.«

»Morgen?« In meinem Kopf tauchten tausende von Fragen auf. »Ich ... nicht ...« So zu tun, als hätte ich ihn nicht verstanden, war meine einzige Chance.

»Ich habe gefragt, ob es bei morgen Nachmittag bleibt«, wiederholte er, diesmal deutlicher. »Der VW-Bus, ist er noch zu haben? Oder haben Sie es sich noch einmal überlegt? Ich möchte ungern mit der Bahn auf die Insel fahren, und dann ist das Auto nicht mehr zu kaufen.«

Boah, wie bitte? Aber passte das nicht zu dem Bild, das ich von Werner hatte? Das konnte dem Widerling so passen! Einfach so Tante Lindas Auto verkaufen. Die Tour würde ich ihm vermasseln. Ich brummte etwas wie »Schon verkauft, tut mir leid, hatte die Nummer nicht mehr« in den Hörer und legte auf. Mein Herz raste und ich blieb noch einige Sekunden im Flur stehen, als Marianne die Treppe herunterkam.

»Was machst du denn im Flur?«, fragte sie, aber ich legte nur den Finger auf die Lippen und ging zurück ins Esszimmer. Erwartungsvoll sahen Werner und Tante Linda auf.

»Ähm ... Das war ...«, stotterte ich herum. Verflixt, warum hatte ich mir nicht schon im Flur was überlegt. War doch klar, dass sie mich danach fragen würde.

»... meine Mutter.« Das war das Erstbeste, was mir einfiel.

»Ach, schade ... ich hätte gerne mit ihr gesprochen«, antwortete meine Tante. »Vielleicht sollte ich sie nach dem Essen einfach anrufen.«

»Nein!«, rief ich panisch aus. Fragend runzelte meine Tante die Stirn und öffnete schon den Mund.

»Also ich meine, dass das keine gute Idee ist. Mama meinte, dass sie hundemüde sei und sich gleich hinlegen wollte. Der Blumengroßhandel öffnet doch am Montag schon um 2 Uhr und wenn sie zu spät kommt, ist das beste weg, sagt sie immer. Deswegen geht sie früh ins Bett. Ich soll dich aber grüßen und sie meldet sich die Tage.«

»Stimmt, daran habe ich gar nicht gedacht, die Ärmste.«

Damit war das Thema vom Tisch und wir widmeten uns dem Abendessen.

Wieder oben im Zimmer vergewisserte ich mich zunächst, dass Werner uns nicht nachspionierte. Kurz und bündig erzählte ich Marianne flüsternd von dem Telefonat.

»Und Mama hat mir vorhin beim Abwaschen erzählt, dass er den Wagen morgen in die Werkstatt bringt, um ihn für die Hochzeitsreise nochmal durchchecken zu lassen. Jetzt glaube ich langsam echt, dass er so ein Schwindler ist. Boah, ich könnte kotzen!«

Fürs Erste war das Auto gerettet, aber ich war sicher, dass Werner die Absage ganz schnell wieder rückgängig machen würde, wenn er Wind davon bekäme. Ich warf einen Blick auf mein Handy. 21 Uhr 04. Uns lief die Zeit davon. Der Sonntag war fast vorbei. Somit blieben uns noch ganze vier Tage. Den Freitag, an dem die Hochzeit stattfinden sollte, zählte ich nicht mit. Irgendwie mussten wir Tante Linda überzeugen. Aber wie? Mir kam eine Idee.

»Meinst du, Werner zieht diese Tour auch bei anderen Frauen ab?«, fragte ich Marianne.

»Du meinst, die Frau vom Leuchtturm und vom Hafen könnten ebenfalls Opfer sein?« In ihren Augen blitzte es kurz auf. Dadurch wirkten sie nicht mehr ganz so hoffnungslos wie am Anfang unseres Gesprächs.

»Kann doch gut sein. Ich meine, warum nicht? Dieser Mann, der in Hamburg Frauen betrogen hat, der hat doch auch nicht nur eine Frau ausgenommen.«

»Wir müssen die Frauen finden!«, flüsterte Marianne mit einem Mal euphorisch.

Ich schüttelte den Kopf. »Wir können wohl kaum jeden in Kampen fragen, ob er die Frau gesehen hat, die wir selbst nur flüchtig gesehen haben. Ich konnte sie jedenfalls nicht beschreiben. Du?«

Marianne schüttelte den Kopf. »Von Dänemark ganz zu schweigen. Und wer weiß, ob sie uns dann überhaupt glauben würden, so überzeugend, wie Werner auftritt.«

»Du hast recht.« Sie ließ die Schultern hängen. »Und jetzt?«

»Eine Idee hätte ich«, meinte ich. »Weißt du, wo deine Mutter ihn kennengelernt hat?«

Ein eifriges Nicken war die Antwort. »Bei Love Scout. Ich hab mir das gemerkt, weil es von diesen Scout-Seiten so viele gibt. Also Autos, Immobilien und so. Da ist er aber nicht mehr angemeldet, falls du das überprüfen willst.«

»Quatsch, würde ich auch machen. Also mich abmelden, wenn ich jemanden kennengelernt hätte. Aber vielleicht hat er sich auf einer anderen Seite angemeldet. Sag mal, wie heißt noch diese App, von der alle reden? ... Te ... Ti ... Tinder!«

Keine fünf Minuten später hatte ich die App auf meinem Smartphone installiert, mich angemeldet und wischte mich durch die ganzen Profile.

»Halt!«, schrie Marianne plötzlich.

Ich hielt in der Bewegung inne. »Was denn, der hat doch ...«

Mein Satz blieb unbeendet. Jetzt, wo ich ihn mir genauer anschaute, erkannte ich eine gewisse Ähnlichkeit mit Werner. Auf dem Bild hatte er helle Haare, war sportlicher gekleidet und sah jünger aus. Könnte er das sein?

»Er ist es. Ich bin mir ganz sicher«, flüsterte Marianne mit einem Mal aufgeregt. »Hier!« Sie deutete auf einen kleinen Leberfleck am Hals. »Du musst morgen mal darauf achten. Er hat an der gleichen Stelle einen.«

»Wenn du recht hast, dann dürfen wir keine Zeit verlieren und müssen es deiner Mutter zeigen«, beschloss ich und richtete mich im Bett auf, aber Marianne schüttelte den Kopf.

»Meinst du nicht, dass er auch dafür eine perfekte Ausrede hat?«

»Vielleicht ...«, sagte ich und gähnte, »... sollten wir uns morgen ein richtiges Profil machen und ihn in eine Falle locken. Das würde Justus von den Drei ??? jetzt machen.«

Angesteckt von meinem Gähnen rieb sich Marianne die Augen.

»Eine gute Idee«, antwortete sie und gähnte ebenfalls. »Wir sollten ...«, begann ich und spürte, wie ich einschlief.

»Aufstehen Prinzessin!«

Die Stimme drang in meinen Traum ein. Ich drehte mich um. »Noch fünf Minuten, Mama.«

»Das wünscht du dir wohl«, erwiderte die Stimme.

»Marianne?«, fragte ich und gähnte herzhaft. Die Person lachte. Sie klang viel tiefer und schärfer. Dieses Lachen ... Schlagartig war ich wach und richtete mich mit wild pochendem Herzen auf. Nur das fahle Licht vom Fenster erhellte Mariannes Zimmer, weswegen ich nicht viel sehen konnte. Ich lauschte. Marianne lag noch immer in ihrem Bett, wie ich an den gleichmäßigen Atemzügen erkannte. Vielleicht doch ein Traum, dachte ich und wollte mich gerade zurücklehnen, als ich einen dunklen, kräftigen Umriss wahrnahm, der neben mir kniete – Werner.

»Was ...?«, begann ich, doch er unterbrach mich, indem er mit seinem wulstigen Zeigefinger über meine Wange fuhr, runter zu meinem Hals. Mit Druck fuhr er meine Kehle entlang. Meine Nackenhaaren stellten sich auf.

»Du mischt dich in Dinge ein, die dich nichts angehen.«

Ich schluckte und versuchte ihm nicht zu zeigen, dass ich mir vor lauter Angst fast in die Hose machte. Blitzartig packte seine Hand zu. Er drückte nur leicht zu, aber es reichte. Ich begann am ganzen Körper heftig zu zittern. Wenn er jetzt richtig zudrückte, hätte ich keine Chance. Ich öffnete den Mund, um zu schreien, aber es kam nur ein heiseres Krächzen heraus. Meine Zähne schlugen aufeinander.

»Du bist schlauer als deine dämliche Cousine. Ich sage es jetzt nur einmal: Kommt mir nicht in die Quere, wenn euch euer Leben lieb ist. Ich bin niemand, mit dem man sich anlegen sollte.«

Er verstärkte den Druck, beugte sich vor und blickte mir ganz tief in die Augen. In der Dunkelheit wirkten seine Augen tiefschwarz. Ich konnte sehen, dass er es ernst meinte. Meine Atmung wurde schneller. Ich hörte das Blut in meinen Ohren rauschen. Ein letztes Mal erhöhte er den Druck, sodass ich kaum noch Luft bekam. Dann schubste er mich ins Kissen zurück und gab meinen Hals frei. Keuchend rang ich nach Luft.

»Das ist die letzte Warnung, Schätzchen!«, zischte er, drehte sich um und ging mit großen Schritten aus dem Zimmer. Vor lauter Angst konnte ich mich keinen Millimeter bewegen. Fünf Minuten … zehn Minuten … eine halbe Stunde … Ich wusste nicht, wie viel Zeit vergangen war, bis sich Marianne neben mir rührte und mich benommen anblickte.

»Alles in Ordnung?«, fragte sie mit verschlafener Stimme.

Noch immer klapperten meine Zähne und ich selbst zitterte wie Espenlaub. Tränen liefen mir über die Wangen. Ohne es zu wollen, schluchzte ich laut auf.

»Hey, was ist denn?«, fragte Marianne und rutschte von ihrem Bett auf meine Matratze. Sie legte ihren Arm um mich und zog mich an sich. Langsam wiegte sie mich hin und her, wie meine Mutter es immer gemacht hatte, wenn ich als Kind von einem Albtraum erwacht war. Nur, dass das hier kein Traum gewesen war.

Eine weitere Ewigkeit verging, bis ich in der Lage war, ihr stockend zu erzählen, was passiert war.

Der Schock saß tief. An Schlaf war nicht mehr zu denken. Erst als es draußen hell wurde, fühlte ich mich etwas sicherer. Einschlafen konnte ich trotzdem nicht. Ich starrte an die Decke und lauschte Mariannes gleichmäßigen Atemzügen, die trotz Werners nächtlichem Besuch neben mir auf der Matratze wieder schlief. Immer noch tauchte Werner in meinen Gedanken auf und ängstigte mich. Seit heute Nacht war mir klar, dass das alles kein Spiel war. Anders als in meinen Büchern, in denen schon nach den ersten Sätzen klar war, dass alles gut ausgehen würde. Dort war immer alles so einfach. Hinweise tauchten auf und schon nach der Hälfte konnte ich die Fälle teilweise selbst lösen. Aber wenn ich ehrlich war: Verbrecher zu jagen war nicht nur aufregend und spaßig wie in den Büchern, sondern verdammt gefährlich. Gerade jetzt tauchten verschiedene Szenen von Justus Jonas in meinen Gedanken auf und erinnerten mich, dass auch die Drei ??? nicht selten in Gefahr gerieten. Nur der pure Zufall, gepaart mit einer gewissen Intelligenz, sorgte dafür, dass nichts Ernsthaftes passierte. Aber wir waren weder so ein Genie wie mein Lieblingsdetektiv, noch war das Glück auf unserer Seite. So viel stand fest. Mir war klar, dass wir etwas unternehmen mussten. Aber was? Wir waren alleine. Werner war hingegen ein geübter Betrüger, der anscheinend über Leichen ging. Sofort spürte ich wieder seine Hände an meinen Hals und sah sein Gesicht direkt vor meinem.

»Alleine schaffen wir das niemals!«, murmelte ich vor mich hin.

»Das glaube ich auch nicht.«

Ich zuckte zusammen und keuchte laut auf, als Marianne plötzlich mit mir sprach. Ich hatte gar nicht mitbekommen, dass sie wach war.

»Entschuldige, ich wollte dich nicht erschrecken.«

Marianne richtete sich auf und strich mir kurz über den Arm. Es dauerte ein paar Sekunden, bis sich mein Herzschlag beruhigte und ich mich neben sie setzte.

»Und nun? Hast du Hunger?«, fragte sie mich.

Ich zuckte die Schultern. Alleine die Vorstellung, nach unten zu gehen, wo Werner vielleicht schon auf uns wartete. Nein, danke! Darauf konnte ich verzichten. Ewig konnten wir aber auch nicht hier hocken. Irgendwann mussten wir runter. Das war sogar mir klar.

Von unten drangen nur leise Geräusche nach oben. Geschirr klapperte, Werners Handy klingelte und dann schlug die Haustür zu. Dann war es vollkommen ruhig im Haus. Noch einmal schlugen zwei Türen zu, dann startete ein Motor.

»Ich glaube, sie fahren los zur Bank«, stellte Marianne fest. Daran hatte ich nach dem Schrecken gar nicht mehr gedacht.

Wie von der Tarantel gestochen sprang ich auf.

»Wir müssen zur Polizei! Sonst ...«

»Und was bringt das?«, unterbrach mich Marianne. »Nicht mal meine eigene Mutter hört zu.«

»Aber wenn wir es nicht versuchen, dann hat er schon gewonnen. Und die Polizei muss doch etwas machen. Wir haben das Profil, die Verkäuferin im Modeladen wird sich auch an ihn erinnern, und dann das mit dem Namen. Besser als herumsitzen und ihn gewinnen lassen. Wer weiß, was er noch alles plant. Nach letzter Nacht habe ich wirklich Angst und traue ihm alles zu.«

Marianne starrte mich an, als hätte sie bereits alle Hoffnung verloren.

»Komm schon!«, drängte ich sie. »Wir müssen es zumindest versuchen!«

»Okay.«

Sie rappelte sich auf.

12

Die letzte Hoffnung

Völlig außer Atem kamen wir vor dem Polizeirevier in Westerland zum Stehen. Unsere Fahrräder schoben wir einfach in die Ständer und schlossen sie nicht einmal an. Stattdessen stürmten wir sofort in die Wache. Gleichzeitig und völlig durcheinander redeten Marianne und ich auf den Mann ein, der am Empfang saß. Dieser sah immer nur abwechselnd zwischen uns hin und her, bis er genug hatte.

Er hob die Hand und rief: »So, jetzt aber mal halblang! Schön der Reihe nach. Sonst verstehe ich rein gar nichts.«

Marianne und ich sahen uns an.

»Es ist deine Mutter, erzähl du!«, sagte ich und nickte ihr zu. Unsicher spielte sie an der Kordel ihrer Sommerjacke herum.

»Also, was genau ist mit deiner Mutter?«, ermutigte sie auch der Polizist, als meine Cousine stumm blieb.

»Äh ... Also ...«, stotterte Marianne. Dann atmete sie tief ein und wieder aus, straffte die Schultern und begann überraschend präzise und treffend die Sache mit Werner zu erzählen. Während sie sprach, nickte unser Gegenüber immer wieder.

»Ihr glaubt also, dass der zukünftige Mann deiner Mutter«, dabei sah er meine Cousine an, »ein Betrüger ist«, fasste er es kurz und bündig zusammen. Wir nickten einstimmig.

»Was ihr erzählt, klingt in der Tat recht merkwürdig. Einen kleinen Moment.«

Der Polizist griff nach dem Telefon. Mit wem und was genau er sprach, konnten wir allerdings nicht verstehen. Kurz nachdem er aufgelegt hatte, kamen zwei weitere Beamte zu uns. Der Mann war recht groß und schlaksig. Ich schätzte ihn auf Mitte fünfzig. Seine Kollegin hatte blonde Haare, blaue Augen und sah aus, als hätte sie gerade erst die Polizeischule absolviert. Noch einmal musste Marianne wiederholen, was sie gerade erzählt hatte.

»Dann wollen wir mal. Wisst ihr, wo dieser Werner oder eure Mutter jetzt sind?«, fragte die Polizistin.

Ratlos blickten Marianne und ich uns an. Sie konnten bei der Bank sein, zuhause oder sonst wo auf der Insel.

»Ruf sie doch an«, schlug ich vor.

Sofort nahm sie ihr Handy und schrieb ihrer Mutter eine kurze Nachricht. Keine Minute später kam die Antwort: »Sind kurz bei der Bank, kommen gleich zurück«, las ich über die Schulter mit.

Keine fünf Minuten später waren unsere Fahrräder im Polizeibus verladen und wir auf dem Weg zu meiner Tante.

Das Polizeiauto hielt vorne an der Straße. Mit klopfendem Herzen folgte ich Marianne und den Beamten auf den Hof. Der Wagen von Tante Linda stand auf seinem Platz. Sie waren also schon da. Sogleich schlug mein Herz noch eine Spur schneller. Marianne schien es nicht anders zu gehen. Kleine Schweißperlen hatten sich auf ihrer Stirn gebildet. Sie griff nach meiner Hand. Wir hatten noch nicht einmal den halben Hof überquert, als auch schon die Haustür auffflog und Tante Linda mit entsetztem Gesicht heraustrat.

»Ist euch was passiert?«, fragte sie und rannte auf uns zu.

»Guten Tag. Seehofer und Müller«, stellte die Polizistin sich und ihren Kollegen vor.

»Frau Pietzke?«, fragte sie Tante Linda. Mariannes Mutter nickte. Gleichzeitig begutachtete sie uns und stellte fest, dass wir nicht einen Kratzer hatten und auch die beiden Fahrräder heil waren. Daraufhin änderte sich etwas in ihrem Blick. An Stelle von Angst wirkte sie plötzlich verärgert.

»Also, was habt ihr angestellt?« Man konnte ihre Enttäuschung hören. »Jetzt sag schon – hast du wieder was geklaut?« Sie sah aus, als würde sie gleich explodieren.

Herr Müller trat zu uns und legte meiner Tante die Hand auf die Schulter. »Jetzt beruhigen Sie sich erst einmal. Keins der Mädchen hat geklaut oder sonst was angestellt. Im Gegenteil, sie sind zu uns gekommen. Und wir gehen der Sache nun nach.«

Das schien meine Tante zu beruhigen. Ihre Gesichtszüge entspannten sich. »Na los, dann stellt eure Fahrräder weg«, murmelte sie und drehte sich mit fragendem Blick zu Herrn Müller um.

»Ist ihr Lebensgefährte zuhause? Wir möchten mit ihm reden.«

»Worüber genau?«, ertönte prompt Werners Stimme und ließ mich zusammenzucken. Ich hatte gar nicht bemerkt, dass er inzwischen in der Tür stand. Wie immer sah er aalglatt in seinem Anzug aus und schien nicht die geringste Angst zu haben. Im Gegenteil, er wirkte vollkommen selbstsicher. Meine Knie wurden weich. Ich bin niemand, mit dem man sich anlegt!, hörte ich seine Worte in meinem Kopf. Hatten wir den nächsten Fehler begangen? Ich versuchte, den Kloß in meinem Hals herunterzuschlucken.

»Vielleicht sollten wir besser ins Haus gehen«, schlug Herr Müller vor. Doch Werner sah das anders.

»Ich will hier und jetzt wissen, worum es geht«, forderte er. »Ich wüsste nicht, was wir im Haus klären können, was hier draußen nicht möglich ist!«

Der Polizist warf seiner Kollegin einen Blick zu, den ich nicht deuten konnte.

Marianne stupste mich an. »Meinst du, er bekommt Muffensausen und will sie deswegen nicht im Haus haben?«, raunte sie mir ins Ohr. »Oder sind wir gerade wieder in eine seiner Fallen getappt?«

Der Gedanke war mir auch gekommen und meine Knie begannen zu zittern. So doll, dass ich mich vorsichtshalber bei Marianne unterhakte.

»Na schön«, antwortete Herr Müller wieder an Werner gewandt. »Die beiden Mädchen sind heute auf unserer Wache erschienen und haben einige Dinge erzählt, die unsere Neugierde geweckt haben. Deswegen würden wir gerne ein paar Dinge überprüfen. Damit wir ausschließen können, dass ...«

»... ich ein Betrüger bin?«, vollendete er zischend den Satz. Sämtliche Farbe war aus seinem Gesicht gewichen. Doch eine Sekunde später färbte es sich dunkelrot. Er kam auf den Hof und baute sich mit gefletschten Zähnen vor uns auf.

»Jetzt reicht es mir aber!«, brüllte er los und stemmte die Hände in die Hüften. »Ihr ... ihr ...!«, sein Atem ging immer hektischer. Er beugte sich zu uns herunter »Ihr ...«, begann er erneut, nur um wieder abzubrechen. Doch diesmal zwinkerte er uns zu.

Ich krallte mich an Mariannes Pullover. Uns beiden war klar, dass wir wieder den Kürzeren gezogen hatten. Egal wie, er würde am Ende eine weiße Weste haben. Merkte die Polizei denn nicht, dass das alles nur Show war und Werner ein verdammt guter Schauspieler?

Er richtete sich auf und wischte sich in gespielter Verzweiflung über den Mund.

»Hören Sie, Herr Wachtmeister. Erst gestern hat dieses Mädchen behauptet, dass sie mich beim Klauen erwischt hat.« Sein Arm schnellte nach vorne und sein Zeigefinger deutete auf mich. »Dann hat sie auch noch behauptet, ich treffe mich mit anderen Frauen. Ich dachte, darum ginge es hier. Aber es geht hier anscheinend um was ganz anderes. Erst beklaut mich die Tochter meiner zukünftigen Frau und jetzt das!«

»Liebling, jetzt beruhige dich doch«, mischte sich Tante Linda ein. Sie streichelte ihn beruhigend über den Rücken.

»Nein, ich beruhige mich nicht!«, schrie er jetzt. »Merkst du nicht, was hier gespielt wird? Deine Tochter will nicht, dass wir heiraten. Das ist der Grund …«

Er brach seinen Satz ab und schnappte wie ein Fisch an Land nach Luft. So wie er sich aufführte, konnte ich verstehen, dass ihm jeder glauben musste.

»Sie sollten auf ihre Lebensgefährtin hören und sich erst einmal beruhigen!«, sagte Frau Seehofer zu ihm. »Wir müssen einer solchen Anschuldigung nachgehen. Ich bin mir sicher, dass wir das alles klären können. Wenn Sie sich erst einmal ausweisen könnten? Führerschein, Reisepass …«

»Natürlich!«, unterbrach Werner sie und stapfte ins Haus. Kurz darauf kam er mit seiner Geldbörse zurück und reichte dem Polizisten seinen Personalausweis. Herr Müller sah ihn sich an, nickte kurz.

»Ich werde kurz einmal prüfen, ob gegen Sie etwas vorliegt, Herr Deutz«, teilte er uns mit und ging zum Dienstwagen.

»Mama, bitte!«, versuchte es Marianne, während wir warteten. »Er trifft sich wirklich mit anderen Frauen. Er hat Caro letzte Nacht bedroht und sie sogar gewürgt.«

»Gewürgt?«, ging Werner dazwischen. »Jetzt beschuldigt ihr mich auch noch, gewalttätig zu sein?« Er sah zu Tante Linda. »Siehst du irgendwelche Blutergüsse an ihrem Hals? Als ob ich … Ich kann nicht mal einer kleinen Fliege was zuleide tun.«

Wieder ein Punkt für Werner. Ohne Blutergüsse … Kein Wunder, dass Tante Linda uns nicht glaubte. Da fiel mir das Profil ein.

»Aber Tante Linda, wir haben gestern etwas gefunden.« Ich zückte mein Handy. »Den Screenshot haben wir gestern gemacht. Das ist eindeutig Werner, der auf Tinder angemeldet ist. Warum, wenn er dich heiraten will?«

Marianne nickte und sah dabei völlig verzweifelt aus.

»Es stimmt. Ich weiß nicht, wer Frau Edel ist, aber ich habe ihn gesehen, als er im Laden war und …«

Tante Linda griff nach dem Handy und sah sich das Foto an.

»Also ...«

Werner entriss es ihrer Hand. Wütend starrte er das Foto an und begann daraufhin, zu lachen: »Ach das ... Du siehst doch, dass das ein altes Foto ist. Ich hab mich da lange vor uns angemeldet und wohl vergessen, das Profil und die App zu löschen. Du weißt doch, wie vollgemüllt mein altes Handy ist.«

Tante Linda nickte und ich konnte sehen, dass sie ihm glaubte. Die Wagentür schlug zu und Herr Müller kam auf uns zu: »Es liegt nichts gegen Sie vor und die Angaben auf Ihrem Ausweis stimmen.«

»Aber der echte Herr Deutz?«, bat ich flehend. »Haben Sie ...«

»Caro! Jetzt ist aber genug!«

Die Stimme meiner Tante klang scharf und ließ mich verstummen. Sie trat auf den Polizisten zu. »Es tut mir wirklich leid. Ich weiß nicht, was mit den Mädchen los ist. Wahrscheinlich hat Werner recht.« Während sie das sagte, klang sie zerknirscht. »Ich werde das mit meiner Tochter klären, aber Werner ... Wir hatten gestern ein ähnliches Gespräch und da hat mein Verlobter schon gezeigt, dass ihre Anschuldigungen nur der Fantasie entspringen. Es tut mir leid ...«

»Du solltest mit den beiden reden«, mischte sich Werner ein. »Ich regle das hier draußen. Geh du schon einmal rein.«

Tante Linda nickte dankbar und drehte sich in Mariannes und meine Richtung. »Rein mit euch – sofort!«

Fassungslos starrte ich meine Tante an. Es fiel mir schwer, zu begreifen, dass wir verloren hatten. Wenn selbst die Polizei uns nicht glaubte ...

Dicht gefolgt von Tante Linda trotteten wir ins Wohnzimmer.

»Setzt euch!«, befahl sie uns. Ich setzte mich neben Marianne auf das Sofa und starrte mit einer Mischung aus Schuldbewusstsein und Zerknirschung auf meine Füße. Meine Tante holte einen Stuhl aus dem Esszimmer und setzte sich uns gegenüber.

»Ich bin absolut enttäuscht!«

Das hätte sie nicht extra betonen müssen. Ich schaute auf, um noch einmal zu versuchen, sie zu überzeugen, aber in ihren Augen lag so viel Enttäuschung, dass ich nicht den Mut aufbrachte. Marianne schien es nicht anders zu gehen, denn sie knetete nur nervös ihre Hände und wartete auf die große Standpauke. Doch die blieb aus. Stattdessen sagte meine Tante: »Ich rufe gleich deine Mutter an. Ich denke, es ist besser, wenn du den Rest der Ferien zuhause verbringst.«

»Aber ...« Mir versagte die Stimme. Meine Mutter würde mir den Kopf abreißen. Sie hatte schon genug mit dem Laden zu tun und wenn ich vorzeitig nach Hause musste ... Lebenslanger Hausarrest, kein Handy, kein Taschengeld ... Ich wollte mir gar nicht vorstellen, was für Strafen meine Mutter noch auf Lager hatte, selbst wenn es nur von kurzer Dauer sein würde. Außerdem musste ich daran denken, dass Werner dann freie Bahn hatte und Marianne völlig hilflos mit ansehen musste, wie er ihre Mutter schamlos ausnehmen würde. Tante Linda würde uns erst glauben, wenn es zu spät war. Ich spürte, wie sich meine Augen mit Tränen füllten und versuchte, sie wegzublinzeln. Ohne Erfolg.

Meine Tante seufzte und sagte noch einmal: »Es ist besser so.« Damit war für sie das Thema Caro durch und sie wandte sich an Marianne: »Nun zu dir, junges Fräulein. Du hast mich noch viel mehr enttäuscht. Erst klaust du und jetzt das. Ich dachte ...«, sie brach ab und schien nach Worten zu suchen. »Ich bin das erste Mal seit langem glücklich und ich dachte wirklich, dass du dich darüber freust.«

»Mensch, Mama! Du verstehst das völlig falsch. Ich will ... Es ist doch nur ... Aber Werner ...«

»Werner ist ein wunderbarer Mann, der mich wirklich glücklich macht. Er hat das Herz am rechten Fleck, bringt mich zum Lachen, ich kann mit ihm reden und er akzeptiert mich so, wie ich bin. Und genau deswegen werde ich ihn auch heiraten. Entweder akzeptierst du das, oder ...«

Marianne unterbrach sie: »Ich will nicht ins Internat! Würdest du doch einfach mal zuhören, dann ...«

»Marianne, es reicht! Oder du kommst zu Papa, wenn du die Idee mit dem Internat so schlimm findest. Er hat sich lange genug vor der Verantwortung gedrückt. Glaub mir, ich mach das nicht gerne, aber vielleicht lernst du so schätzen, was du hier alles hast. Überleg es dir. Außerdem streiche ich dir bis auf weiteres dein Taschengeld, und dein Handy siehst du ebenfalls eine Zeit lang nicht. – Und nun zurück zu dir, Caro.«

Mit einem Ruck erhob sie sich und verschwand einfach im Flur.

Verwirrt blickte ich ihr nach, ehe ich Marianne anschaute, die nur vor sich hinstarrte.

»Wir müssen doch was tun«, raunte ich ihr zu.

»Was denn? Es ist zu spät!«

»Aber ...«, begann ich.

»Kein aber. Und jetzt lass mich einfach«, unterbrach sie mich mit einem Zittern in der Stimme. Ich streichelte ihre Schulter für einen kurzen Moment und ließ sie dann in Ruhe.

Für sie war es vorbei, aber nicht für mich. Ich musste doch etwas tun können. Als ich gerade überlegte, ob ich meiner Tante folgen oder vielleicht noch mal mit der Polizei sprechen sollte, kam sie auch schon zurück.

»Ich habe Monika angerufen«, teilte sie mir mit. Obwohl sie es angekündigt hatte, war es trotzdem wie ein Schlag in den Magen. Wie durch Watte hörte ich: »Sie startet morgen in aller Frühe und kommt mit dem ersten Autozug, der von Niebüll fährt. Ich denke, es ist am besten, wenn du schon einmal nach oben gehst und packst.«

Ich öffnete den Mund und kämpfte innerlich mit mir. Auf der einen Seite wollte ich ihr entgegenschleudern, dass sie dann selbst schuld war, und sie sich später nicht bei Marianne, mir oder meiner Mutter ausheulen sollte. Auf der anderen Seite wollte ich ihr sagen, dass sie die Augen öffnen sollte. Aber was hätte es gebracht? Wir hatten nun wirklich alles versucht. Ich schloss den Mund. Damit war klar, dass Werner gewonnen hatte.

Als die Stille im Wohnzimmer einfach nicht mehr auszuhalten war, stand ich auf und warf einen letzten Blick auf Marianne und meine Tante. Beide waren das leibhaftige Häufchen Elend. Mist, ich konnte sie nicht einfach im Stich lassen. Vielleicht kann ich Morgen mit Mama reden und sie davon überzeugen, überlegte ich.

Meine Gedanken wurden von der zuschlagenden Haustür unterbrochen. Keine Sekunde später erschien Werner im Türrahmen und stemmte die Hände in die Hüften. Es sah aus, als würde er gleich platzen, was irgendwie eine lustige Vorstellung war. Gleichzeitig bildete sich auf meinen Armen Gänsehaut und ich bekam es mit der Angst zu tun, was er jetzt mit uns machen würde.

»Die Polizei ist weg«, zischte er und funkelte mich hasserfüllt an. »Ich hoffe, ihr Mädchen habt eure Lektion gelernt. Lügenmärchen haben kurze Beine.« Während er das sagte, huschte ein triumphierendes Lächeln über sein Gesicht. »Ich weiß nicht, was Linda jetzt vorhat, aber …«

»Ich habe Monika angerufen und sie kommt morgen früh, um Caroline abzuholen. Heute schafft sie es nicht mehr. Bis dahin habe ich Marianne Zeit gegeben, um sich zu überlegen, was sie möchte. Entweder benimmt sie sich wieder so, wie ich sie kenne, kommt ins Internat oder zieht zu ihrem Vater«, erklärte ihm Tante Linda.

Für eine Millisekunde riss Werner die Augen auf und sein Blick flatterte nervös umher, dann fasste er sich wieder, legte meiner Tante die Hand auf die Schulter und sagte: »Kommt gar nicht in Frage. Diese Spielchen lasse ich nicht mehr durchgehen. Spätestens, wenn wir verheiratet sind, wird sich das Kindchen schon beruhigen. So, und nun Marsch aufs Zimmer, ihr zwei!«

»Und jetzt?«, fragte ich Marianne, als ich damit begann, achtlos meine Sachen in die Reisetasche zu werfen. Meine Cousine zuckte mit den Schultern. »Ich habe keine Ideen mehr. Vielleicht soll es so sein. Ich meine, spätestens am Tag der Hochzeit wird er aus unserem Leben verschwinden. Und dann kehrt wieder Ruhe ein und Mama weiß, dass ich keine Lügnerin bin.«

Sie hatte recht. Hatte ich nicht unten das Gleiche gedacht? Aber es ausgesprochen zu hören, machte mich wütend.

»Das stimmt, aber dann seid ihr pleite. Und was viel schlimmer ist: das gebrochene Herz deiner Mutter!«

Das saß! Marianne setzte sich aufrecht auf ihr Bett und begann, auf der Unterlippe zu kauen. Nachdenklich packte ich weiter meine Reisetasche. Plötzlich überkam mich ein Gedanke. Verrückt, total abwegig, aber eine kleine Chance. Nicht groß, aber ein Strohhalm ... Bevor ich überhaupt zu Ende gedacht hatte, schnappte ich mir mein Handy. Eine Minute später hatte ich die gewünschte Telefonnummer und drückte schon auf Wählen. Es tutete. Marianne warf mir einen fragenden Blick zu, aber ich legte nur den Zeigefinger auf die Lippen, als am anderen Ende eine vertraute Stimme ertönte.

»Hallo, hier ist der automatische Anrufbeantworter von WD – Computerspezialist für alle Fälle. Leider ist es mir gerade nicht möglich, den Anruf persönlich entgegenzunehmen.« Na toll, so hatte ich mir das nicht vorgestellt. »In dringenden Fällen hinterlassen Sie nach dem Piep Ihren Namen, die Telefonnummer und den Grund für Ihren Anruf. Ich melde mich so schnell wie möglich zurück ...« PIIIEP

Verdammt, dachte ich. »Ähm ... Hallo ... Also hier ist ... Äh, Caroline Berger. Sie kennen mich nicht, also nicht wirklich, wenn man von dem einen Anruf absieht. Es ist kompliziert.« Sagen das nicht immer alle Erwachsenen, wenn sie nicht weiterwissen? Egal. »Ich brauche jetzt wirklich ihre Hilfe!« Vor lauter Angst redete ich ohne Punkt und Komma. Ich versuchte, ihm zu erklären, worum es ging und dass nur er als echter Herr Deutz belegen könnte, dass dieser hier auf Sylt ein Betrüger war. »Bitte, wir brauchen ...« Mitten im Satz ertönte der Piepton, der das Ende meiner Zeit verkündete.

»Argh!«, rutschte es mir raus. Rasch wählte ich neu und nannte nach dem erneuten Piep meine Nummer und die Adresse von Tante Linda. Dann legte ich mit klopfendem Herzen auf.

»Jetzt können wir nur noch abwarten«, murmelte ich und Marianne nickte. Falls er nicht anrief, blieb immer noch meine Mutter. Wobei ich bezweifelte, dass sie mir noch zuhören würde, nachdem sie mich nun abholen durfte. Schweigend packte ich meine Tasche zu Ende.

Nach dem Packen brachte ich die Tasche nach unten, ehe ich mich oben auf die Matratze legte und die Decke anstarrte. Ich musste wohl eingedöst sein, denn die Klingel riss mich aus einem unschönen Traum. Ich war in der Schule gewesen und war auf dem Weg nach Hause, als ich bemerkte, dass Werner da war und mir folgte. Über Umwege, belebte Orte und sogar durch die U-Bahn versuchte ich, ihn abzuhängen, aber immer, wenn ich mich umdrehte, war Werner da und grinste hämisch.

Ich schüttelte den bösen Traum ab und sah zu Marianne, die mich aus traurigen Augen ansah. Der echte Werner hatte nicht zurückgerufen und damit war wieder ein kleines Stück Hoffnung verschwunden.

»Wollen wir?«, fragte ich, obwohl ich absolut keine Lust auf Abendessen hatte. Im Schneckentempo schlichen wir nach unten. Schon auf der Treppe roch ich das Essen, mein Magen verkrampfte sich und es fühlte sich an, als hätte ich Steine im Bauch, obwohl ich heute noch gar nichts gegessen hatte und es inzwischen 19 Uhr war.

Der Esszimmertisch war gedeckt und Tante Linda deutete auf unsere freien Stühle. Lustlos nahm ich mir eine kleine Portion und stocherte in dem duftenden Auflauf herum. Eigentlich liebe ich Nudelauflauf. Vor allem, wenn er mit extra viel Käse ist und es dazu noch Tomatensauce gibt, aber ich bekam einfach keinen Bissen hinunter. Das Stück, das ich mir in den Mund geschoben hatte, wollte einfach nicht rutschen. Ich versuchte, die Nudeln mit Apfelschorle herunterzuspülen. Über den Rand des Glases schielte ich zu Marianne, die gerade eine Nudel von einem Rand ihres Tellers zum andern schob. Als ich Werner rasch einen Blick zuwarf, rechnete ich mit seinem dämlichen Grinsen. Zu meiner Überraschung wirkte er jedoch selber total komisch. Gerade goss er die Tomatensauce nicht auf die Nudeln, sondern auf den Salat. Er grummelte wütend und trank sein Weinglas in einem Zug aus. Doch statt Wein füllte er sein Glas mit Apfelschorle auf. Tante Linda schien davon nicht viel mitzubekommen. Sie stocherte ebenfalls nur in den Nudeln herum und warf ab und an einen kurzen Blick zu Marianne.

Wieder griff Werner nach dem Glas, diesmal spuckte er den Schluck allerdings zurück. »Verdammt!« Er warf seine Serviette auf seinen vollen Teller. »Das macht doch alles keinen Spaß!« Er schob den Stuhl nach hinten, erhob sich und stützte die Hände auf dem Tisch ab. »Deine Mutter sollte lachen, Pläne schmieden, sich auf unsere Hochzeitsreise nach Florida freuen – stattdessen bekommt sie keinen Bissen herunter. Nicht vor Aufregung, sondern weil ihre Tochter und ihre Nichte alles kaputt machen. Schämt euch!«

Marianne zuckte bei seinen letzten Worten zusammen.

»Ich gehe eine Runde spazieren, bevor ich noch komplett meine gute Erziehung verliere«, teilte er uns mit und verschwand, bevor Tante Linda überhaupt reagieren konnte. Mit einem lauten Knall schlug kurz darauf die Haustür ins Schloss. Als wäre dies ein Startschuss gewesen, erhob sich meine Tante und begann wortlos, den Tisch abzuräumen.

»Komm«, zischte Marianne und zog mich auch schon mit sich. »Sollten wir nicht helfen?«, erkundigte ich mich.

»Besser nicht. Ich kenne sie und im Moment will sie ihre Ruhe«, erklärte mir Marianne flüsternd.

Im Grunde war es mir auch recht. Sobald ich oben im Zimmer angekommen war, schnappte ich mir mein Handy, das neben der Matratze auf dem Fußboden lag. Vielleicht hatte der echte Werner zurückgerufen. Für einen Moment setzte mein Herz aus, als ich tatsächlich eine Nachricht und einen verpassten Anruf auf meinem Display entdeckte. Mist, dachte ich und entsperrte hektisch das Handy. Die Freude war allerdings umsonst. Sowohl der Anruf als auch die Nachricht stammten von meiner Mutter: »Ich weiß nicht, was los ist, aber du schuldest mir morgen eine Erklärung!!!! Ich muss extra den Laden schließen, damit ich dich holen kann. Hab dich lieb, Mama.«

Ich warf mich auf meine Matratze und grübelte darüber nach, wie ich meine Mutter überzeugen konnte, dass wir die Wahrheit sagten. Aber selbst in meinen Gedanken hörte sich alles weit hergeholt an. Unsere Beweise waren dürftig, wenn nicht mal die Polizei uns glaubte. Irgendwann siegte die Müdigkeit.

13

Gefahr im Haus

Die Angst davor, dass Werner uns wieder einen Besuch abstatten würde, ließ mich immer wieder aufschrecken. Genervt blickte ich auf mein Handy. 3 Uhr 37. Plötzlich hörte ich Schritte auf der Treppe. Werner! Augenblicklich war ich hellwach und richtete mich auf.

»Psst, Marianne«, flüsterte ich und streckte meinen Arm aus, um sie zu rütteln. »Marianne, wach auf!«, fügte ich eine Spur lauter hinzu.

»Hmm«, kam es unter der Decke hervor.

»Da kommt jemand die Treppe hoch«, schaffte ich gerade noch zu sagen, als auch schon leise die Tür geöffnet wurde. Mein Herz raste, während ich starr vor Angst sah, dass ein Schatten eintrat. Marianne war endlich aufgewacht war und hob leicht den Kopf.

Bevor wir etwas sagen konnten, hörte ich Werners Stimme kommandieren: »Du bleibst hier oben bei den Kindern. Ich sehe unten nach. Wenn es sicher ist, hole ich euch!«

Die Tür schloss sich wieder und der Schatten kam in unsere Richtung.

»Marianne ... Caro ... Aufwachen!«, flüsterte da auch schon meine Tante.

»Wir sind schon wach«, antwortete Marianne genauso leise, wie ihre Mutter. »Was ist denn los?«

Ja, genau das fragte ich mich auch.

Ich war erleichtert, dass es nur Tante Linda war, aber warum kam sie mitten in der Nacht zu uns ins Zimmer geschlichen? Und warum machte sie kein Licht?

Marianne bewegte sich und ich erkannte, dass sie ihre Nachttischlampe anschalten wollte, aber ihre Mutter war schneller und hielt ihre Hand zurück.

»Nicht!«, befahl sie und setzte sich jetzt im Dunkeln auf die Bettkante. »Komm her«, sagte sie in meine Richtung und klopfte auf den freien Platz neben sich. »Du auch, Spatz.« Als ich links von ihr und Marianne rechts von ihr saßen, sprach sie weiter: »Wir dürfen kein Licht machen.«

»Wieso nicht?«, wollte Marianne wissen.

»Unten ist jemand«, erklärte sie uns mit belegter Stimme und legte den Arm um Marianne und mich. »Werner ist von einem Geräusch wach geworden. Als er merkte, dass es keiner von euch sein konnte und ich neben ihm liege, hat er mich geweckt und mich nach oben zu euch gebracht. Wir sollen hier warten, bis die Luft rein ist und die Polizei kommt.«

Bilder von *Aktenzeichen xy ungelöst* tauchten vor meinem inneren Auge auf. Erst ein Betrüger und jetzt ein Einbrecher. Sylt zog anscheinend Verbrecher magisch an. Soviel zum Thema »Langweilige Ferien auf Sylt«. Während ich angespannt neben meiner Tante saß, lauschte ich in die Dunkelheit. Das Einzige, was ich hörte, war mein eigener Herzschlag und das gelegentliche Schnaufen von Marianne, wenn sie ihre angehaltene Luft wieder ausstieß.

Da, ein dumpfes Poltern. Mein Magen verkrampfte sich und meine Kehle fühlte sich wie zugeschnürt an. Tante Linda zog uns dichter an sich heran. Ich konnte hören, wie sie vor lauter Anspannung mit den Zähnen knirschte. Gebannt starrte ich die Tür an. Gleich würde der Einbrecher die Tür aufstoßen und dann ... Ich mochte mir nicht ausmalen, was dann passierte. So vergingen Sekunden, aber niemand kam hoch und es war auch sonst nichts mehr zu hören.

Irgendwann hielt ich es nicht mehr aus. Ich blickte auf Mariannes Wecker. Inzwischen war Werner schon gut eine halbe Stunde verschwunden und so langsam bekam ich die ersten Zweifel.

»Bist du dir sicher, dass es ein Einbrecher ist?« Mariannes Flüstern durchbrach die Stille.

»Ich weiß nicht«, murmelte meine Tante. »Ich meine, ich hab geschlafen, bis Werner mich geweckt hat.«

»Warum hat Werner dann nicht einfach vom Büro aus die Polizei gerufen? Er hätte doch auch mit dem Handy Hilfe holen und sich dann hier bei uns verstecken können, bis Hilfe kommt«, stellte Marianne die Fragen, die mir auf der Zunge lagen.

»Sie hat recht!«, pflichtete ich ihr bei. »Und warum ist er immer noch unten?«

»Ich ... Werner ... Vielleicht hat ihn der Einbrecher ... Ich weiß doch auch nicht«, erwiderte Tante Linda. »Vielleicht ...«

Ich konnte spüren, wie sie vor Angst zitterte.

»Ich sollte besser nachgucken«, verkündete sie kurz darauf und erhob sich schwankend. Schritt für Schritt näherte sie sich der Tür. Ein letzter Blick in unsere Richtung, so als wolle sie sich selbst Mut machen, sie nickte uns kurz zu. Vor lauter Anspannung hielt ich die Luft an. Ich hörte sie laut schlucken, als sie die Klinke so vorsichtig wie möglich nach unten drückte. Selbst in dem schwachen Licht, das durch das Fenster fiel, konnte ich sehen, dass sich ihr Gesichtsausdruck innerhalb von wenigen Sekunden änderte. Die Angst wich und sie wirkte plötzlich überrascht und verunsichert.

Bevor ich fragen konnte, begann sie hektisch an der Tür zu rütteln, die sich keinen Zentimeter bewegte.

Abgeschlossen! Fast gleichzeitig sprangen Marianne und ich auf, um uns selbst davon zu überzeugen. Gemeinsam rüttelten wir an der Klinke, aber die Tür blieb verschlossen.

»Was zu Hölle geht hier vor?«, keuchte meine Tante und griff neben mich an die Wand.

Unvermittelt ging die Deckenlampe an und blendete mich. Ich kniff die Augen zusammen, nur um sie sofort wieder langsam zu öffnen. Am liebsten hätte ich die Beleuchtung direkt wieder ausgeschaltet, denn meine Tante sah in dem kalten Licht gespenstisch aus. Tausend Fragen und keine Antworten.

»Werner?«, rief Tante Linda erst leise, dann immer lauter, bis sie schließlich sämtliche Bedenken über Bord warf und gegen die Tür hämmerte. »Werner? Alles in Ordnung? Die Tür geht nicht auf! Liebling?«

Meine Tante lauschte einen Augenblick und öffnete den Mund, um von neuem zu rufen, als jemand die Treppe heraufkam. Sofort rückten wir näher an meine Tante, die schützend die Arme um uns legte. Die Schritte kamen immer näher und blieben direkt vor der Tür stehen.

»Honigbärchen?«, ertönte Werners Stimme wimmernd durch die Tür.

Irgendetwas stimmte nicht.

»Es ... es tut mir leid!«, fügte er kläglich hinzu.

»Werner, was ist ...?«, begann meine Tante und wurde abrupt unterbrochen.

»Klappe!«, fauchte mit einem Mal eine fremde Stimme, die eindeutig einer Frau gehörte. »Wo sind das Geld und die Wertsachen versteckt? Wird's bald, sonst mach ich deinen Mann kalt!«

»Bitte, Liebling. Tu, was sie sagt«, winselte Werner. Ein Klatschen ertönte durch die Tür und wir konnten Werner aufheulen hören. Entsetzt keuchte meine Tante auf.

»Letzte Warnung! Sei endlich still, du elender Jammerlappen!«

Meine Tante trat auf die Tür zu und schlug verzweifelt mit der flachen Hand dagegen.

»Tun Sie ihm nichts, bitte!«, flehte sie die unbekannte Person an.

»Dann sag mir, wo du die verdammten Piepen versteckt hast! Wird's bald!«

Ich horchte auf. Dieses Wort – Piepen – und die Stimme. Irgendwo hatte ich das schon mal gehört, aber wo? Meine Gedanken überschlugen sich, als ich versuchte, mich zu erinnern.

»Der Leuchtturm ...«, platzte es aus mir heraus, als es mir einfiel.

»Die Frau ...«, antwortete Marianne, die sofort verstand, worauf ich hinauswollte.

»Das Geld ist ...«, begann meine Tante.

Der Rest davon ging in Mariannes verzweifelten Schrei unter. »Neiiiiiiiiinnnnnnn! Du darfst es ihnen nicht sagen!«

»Aber Werner ist in Gefahr. Ich kann doch nicht ...«

Noch immer schien meine Tante nicht zu begreifen.

»Mama, sei doch nicht so naiv!«

»Das ist alles abgesprochen«, kam ich ihr zur Hilfe. »Er kennt die Frau. Bitte! Du musst uns endlich glauben!«

Ihr Blick flatterte zwischen uns Mädchen hin und her.

»Wir haben Werner und sie am Leuchtturm gesehen. Die Stimme ...«

»Glaub den Mädchen kein Wort!«, kam es unverzüglich von Werner. »Du weißt doch, die Mädchen lügen, sobald sie den Mund aufmachen.«

Marianne trat einen Schritt nach vorne. »Wer hier wohl ein Lügner ist?«, schrie sie ihn an. »Wollen wir mal den echten Werner Deutz fragen? Wir haben ihn angerufen und er kommt morgen früh!«

Hä?, dachte ich. Was soll das denn jetzt? Wir hatten doch nur ... Ich hatte meinen Gedanken noch nicht zu Ende gedacht, als von außen jemand gegen die Tür schlug. Erschrocken fuhr ich zusammen.

»Du dämliche Göre. Ich ...«, fluchte Werner durch die geschlossene Tür. Und plötzlich verstand ich. Meine Cousine hatte Werner aus der Reserve locken wollen und es war ihr gelungen.

»Glaub mir, sie frisst mir aus der Hand!«, mischte sich die merkwürdige Frau ein und imitierte Werner gar nicht so schlecht.

»40 000 Euro Bargeld, Schmuck, Wertpapiere. Was haben wir bis jetzt? Nichts, außer den paar lächerlichen Kröten von ihrem Konto und diese verfluchten Gören am Hals.«

»Du dumme Gans! Kannst du nicht einfach mal deine Klappe halten?!«, brüllte Werner.

»Nenn mich nie wieder dumme Gans! Immerhin geht bei mir nicht alles schief, du Hornochse!«, schimpfte die Frau. »Ich hab dir gesagt, Kinder bringen nur Ärger mit sich. Aber du wolltest ja nicht hören.«

»Ach sei still, lass uns lieber die Zeit nutzen und die dämliche Kohle suchen.«

Wir hörten, wie Werner die Treppe nach unten stampfte. Ich drehte mich zu Tante Linda um, die mit weit aufgerissenen Augen fassungslos auf die Tür starrte. »Kann mir jetzt einmal jemand sagen, was hier los ist?«, bat sie mit zittriger Stimme.

»Mama, es tut mir leid«, flüsterte Marianne und griff nach der Hand ihrer Mutter. Behutsam führte sie Tante Linda zu ihrem Bett. »Ich glaube, du solltest dich besser setzen.«

Abwechselnd berichteten wir ihr von unserem ersten Verdacht, dem echten Herrn Deutz, dem Leuchtturm, dem Eiscafé bis hin zum Diebstahl im Laden und dem nächtlichen Besuch. Wir ließen kein Detail aus. Anfangs schüttelte Tante Linda noch ungläubig den Kopf und murmelte immer wieder: »Ihr müsst euch irren, wenn selbst die Polizei nichts findet.« Ständig unterbrach sie uns, um uns zu widerlegen. Aber je mehr wir erzählten, umso ruhiger wurde sie. Am Ende zeigte ich ihr auf meinem Handy die Website vom echten Herrn Deutz – das schien sie vollends zu überzeugen. Schließlich sackten ihre Schultern zusammen und die ersten Tränen liefen ihre Wangen hinunter.

»Wenn das wahr ist, was ihr mir erzählt, dann …« Sie konnte kaum weitersprechen. »Wie konnte ich nur so blind sein? Und die Polizei erst. Hätte ich euch doch nur schon früher geglaubt!«

Tante Linda schniefte geräuschvoll. »Oh Gott, es tut mir so leid.« Sie schlang ihre Arme um Marianne und zog auch mich kurz darauf ebenfalls an sich.

»Ist doch gut, Mama. Immerhin glaubst du uns jetzt.«

Ich streichelte gerade etwas unbeholfen Tante Lindas Arm, als sie sich ruckartig vom Bett erhob.

»Da sitze ich hier herum und heule, während er da unten freie Bahn hat!« Sie blinzelte kurz und wischte sich dann die Tränen ab. »Wir ... Nein, ich ... Ich muss doch etwas tun, um ihn aufzuhalten.«

»Ähm, Mama, meinst du nicht, dass er schon längst weg ist?«, warf Marianne ein. »Er wird sich doch wohl denken können, dass wir die Polizei rufen.«

Meine Tante schüttelte den Kopf. »Eben nicht. Er weiß, dass ich dir dein Handy weggenommen habe. Und er denkt, dass ich auch deins eingezogen habe.« Als ich sie verständnislos ansah, zuckte sie mit den Schultern. »Er war der Meinung, dass ihr dadurch nur den nächsten Blödsinn ausheckt. Aber du bist nicht meine Tochter und wenn, dann muss deine Mutter das machen.«

»Also denkt er, dass wir hier festsitzen und kein Telefon haben?«, hakte ich nach.

Meine Tante nickte und schlich zur Tür. »Wie ich es mir schon gedacht habe. Sie sind noch da. Ich kann hören, wie sie unten alles auseinandernehmen.« Sie drehte sich zu uns um und grinste zufrieden.

»Aber da kann er lange suchen!«

Sogar Marianne schien diese Feststellung zu überraschen, denn sie runzelte die Stirn und sah ihre Mutter genauso fragend an wie ich. Das Grinsen wurde eine Spur breiter, als sie ihre Zeigefinger auf die Lippen legte. Mit dem anderen Zeigefinger bedeutete sie uns, ihr zu folgen. Vor Mariannes Schreibtisch blieben wir stehen. Sie bückte sich und deutete auf die Stelle hinter dem kleinen Rollcontainer. Der Rand einer kleinen Wandtür war zu erkennen.

»Ich dachte mir, das wäre ein gutes Versteck, für den Fall der Fälle«, flüsterte sie triumphierend.

»Und was ist da bitte versteckt?«, hakte Marianne nach. »Da sind doch nur die Kisten mit meinem alten Spielzeug verstaut. Ich kapiere gar nichts mehr.«

»Ja, auch, aber jetzt kommt's: Als dein Vater und ich uns scheiden ließen, habe ich 50 000 Euro von ihm bekommen. 40 000 Euro habe ich bar behalten und die anderen 10 000 Euro in Aktien investiert. All das habe ich zusammen mit ein paar Schmuckstücken, die ich von deinem Vater bekommen hatte, in eine feuerfeste Geldkassette getan und hier versteckt. Ich wollte sein Geld nicht und dachte mir, dass du, wenn du 18 wirst, es gut gebrauchen könntest.«

»Und woher weiß Werner davon?«, fragte ich neugierig, denn Marianne starrte sie nur mit offenem Mund an.

»Wir haben uns damals beim ersten Date darüber unterhalten, was Kinder kosten, und da habe ich ihm von der Scheidung und der Rücklage erzählt. Und eben auch, dass es hier liegt und nicht auf der Bank.« Sie biss sich auf die Lippe und schnaubte wütend. »Ich mag zwar naiv sein, aber er hat sich eindeutig mit der Falschen angelegt.«

Sie wischte sich die letzten Spuren ihrer Tränen weg. »Und jetzt kann er sich auf was gefasst machen. Gibst du mir bitte dein Handy, Caro?«

Ich muss wohl ziemlich verdattert ausgesehen haben, denn sie lächelte.

»Ohne Handy kann ich schlecht die Polizei anrufen, damit sie Werner und seine Komplizin festnehmen«, erklärte sie mit leiser Stimme. Ich musste grinsen. Dass ich nicht selbst darauf gekommen war. Manchmal waren Erwachsene doch zu etwas zu gebrauchen. Ich gab den Pin ein und übergab es ihr. Flink wählte sie und wir hörten es tuten.

»Hallo, hier ist Linda Pietzke.«

Ich wartete darauf, dass sie der Polizei erzählte, was sich hier abspielte, aber sie sagte nur noch einmal: »Hallo!?« Dann nahm sie das Handy vom Ohr und blickte irritiert auf das Display, das dunkel war. Ich riss es ihr aus der Hand und drückte herum, aber das Display blieb schwarz.

»Mist, der Akku!«, fluchte ich. Bei der ganzen Aufregung hatte ich daran überhaupt nicht gedacht. Ich bückte mich und griff neben die Matratze, aber da war nichts. »Oh nein!«, stieß ich hervor. »Ich habe das Ladekabel schon eingepackt. Und die Tasche ist unten.«

Tante Linda sah Marianne an. Diese hob nur die entschuldigend die Hände. »Mich brauchst du nicht angucken. Mein Handy ist unten im Flur. DU wolltest doch, dass ich es abgebe. Und mein Ladekabel passt nicht zu Caros iPhone.«

»Und nun?«, fragte ich.

Tante Linda schien ebenfalls keine Idee zu haben.

»Wir könnten schreien, aber das dürfte auch Werner hören, und wer weiß, was er dann mit uns anstellt.«

Nachdenklich hockten wir uns auf das Bett und lauschten auf die Geräusche von unten. Ab und zu drang ein Laut nach oben. Werner und seine Komplizin schienen noch immer beschäftigt zu sein. Plötzlich klingelte es. Sofort liefen wir zur Tür. Kam noch ein Komplize? Wir hörten von unten ein leises Gemurmel. Verdammt, das Haus war einfach zu gut gedämmt. Mir reichte es. Ich hämmerte gegen die Tür und schrie laut um Hilfe.

Bumm. Von draußen schlug es gegen die Tür. »Fresse halten. Außer, du willst mir verraten, wo das Geld versteckt ist«, fauchte die Frau auf der anderen Seite.

»Alles gut, die Luft ist rein. Die Polizei ist wieder weg«, rief Werner und kam nun polternd die Treppe nach oben. »Du kannst von Glück sagen, dass es die beiden netten Beamten von gestern früh waren, die mir sofort geglaubt haben, dass es nur wieder ein dummer Kinderstreich war.«

Ein leises Klicken ertönte und im nächsten Moment war die Tür einen Spalt offen und Werner zielte mit einer Pistole auf uns. Ich kreischte vor Entsetzen auf und war unfähig, mich zu bewegen oder auch nur einen klaren Gedanken zu fassen. Ich starrte mit wild pochendem Herzen auf die dunkle Mündung und rechnete mit dem Schlimmsten.

»Und jetzt hätte ich gerne das Handy, aber ein bisschen zackig.« Wie von selbst streckte sich mein Arm nach vorne. Werner nahm mir das Handy aus der Hand.

»Herzallerliebsten Dank!«, sagte er und schon war die Tür wieder zu und abgeschlossen.

»Du lässt uns jetzt sofort hier raus«, rief Tante Linda.

»Sonst was? Schickst du mich dann ins Internat? Buhu. Jetzt hab ich aber Angst«, antwortete er und begann schallend zu lachen. »Ihr entschuldigt uns, wir haben einen Schatz zu suchen, denn ich gehe mal davon aus, dass du mir noch immer nicht verraten willst, wo er ist.«

Während er sprach, wurde die Stimme immer leiser und die Schritte entfernten sich. Tante Linda lehnte sich an die Tür und ließ sich hinabsinken. Ihr Kopf sackte auf ihre Knie.

»Das alles ist meine Schuld. Hätte ich doch bloß auf euch gehört ... Ständig liest man von Frauen, die auf Betrüger hereinfallen. Ich dachte immer, dass mir das niemals passieren könnte und jetzt bringe ich euch durch meine Naivität auch noch in große Gefahr. Vielleicht sollte ich ihm das Geld geben, wenn er verspricht ...«

Ihre Stimme versagte, aber sogar mir war klar, was sie sagen wollte: Wenn er verspricht, euch nichts zu tun. Aber wer sagte, dass er uns nichts tun würde, sobald er das Geld hätte? Immerhin waren wir Zeuginnen und in Filmen wurden Zeugen immer aus dem Weg geräumt. Und genau das sagte ich auch Tante Linda.

»Du hast recht. Dann müssen wir dafür sorgen, dass er gar nicht erst ins Zimmer kommt.« Sie stand auf und sah sich um. »Wenn wir den Schreibtisch zwischen die Tür und den Schrank schieben, können wir uns hier drin verschanzen. Irgendwann geben sie auf und verschwinden.«

»Das ist eine super Idee«, riefen Marianne und ich wie aus einem Mund. So konnte er nicht ans Geld und auch niemanden erschießen. Sofort stürzten wir zum Schreibtisch und hoben ihn an, damit er nicht so über den Boden kratzte und Werner alarmierte. Dabei fiel mein Blick auf Mariannes Uhr. Schon kurz nach fünf am Morgen.

»Ähm, Tante Linda, wann wollte Mama kommen?«

»Oh mein Gott, ja! Sie wollte den ersten Autozug in Niebüll erwischen, aber«, sie warf einen Blick auf die Uhr, »dann wäre sie schon unterwegs und bald hier!«

Fast gleichzeitig setzten wir den Schreibtisch ab.

»Wir können nicht zulassen, dass sie Werner in die Arme läuft«, stellte meine Tante nüchtern fest, legte den Kopf in den Nacken und schien nachzudenken.

»Wir können den Schreibtisch vor die Tür stellen und dann um Hilfe rufen«, schlug Marianne vor. »Er kann uns nicht aufhalten, weil er nicht in mein Zimmer kommt, und muss dann abhauen.«

»Und was ist, wenn uns jemand hört und klingelt? Immerhin hat Werner eine Waffe!«, gab meine Tante zu bedenken.

Ich stützte mich auf dem Schreibtisch ab und setzte mich auf die Platte. Irgendwie mussten wir die Polizei informieren, aber wie?

Die Lösung schlug ein wie ein Blitz. Genauer gesagt, unten knallte die Haustür und das schien meinem Gehirn auf die Sprünge zu helfen.

»Sie sind weg?«, fragte ich und lauschte. Alles still. Aber das musste nichts heißen. Vielleicht war auch nur einer der beiden aus dem Haus gegangen.

Tante Linda und Marianne rührten sich nicht Ich warf einen abschätzenden Blick zur Tür und nickte. Das könnte passen. »Ich brauche ein Blatt Papier … und was langes, dünnes …«

Noch bevor ich es ausgesprochen hatte, durchwühlte ich auch schon Mariannes Schreibtisch. Stifte, Briefmarkenalbum, Karten, Schere ... eine Pinzette. »Ha!« Triumphierend hielt ich sie hoch. Mit der anderen Hand griff ich nach dem Zeichenblock und riss alle Blätter herunter. Mit der Pappe vom Zeichenblock und der Pinzette bewaffnet, marschierte ich zur Tür und kniete mich davor. Rasch weihte ich die beiden in meinen Plan ein.

»Meinst du, das klappt?«, fragte mich meine Tante, während ich die Pappe unter der Tür hindurchschob. Ich zuckte mit den Schultern und widmete mich dem Türschloss. Verdammt, in den Büchern klang das immer so einfach. Während ich mit der Pinzette versuchte, den Schlüssel zu bewegen, kaute ich nervös auf meiner Unterlippe herum. Millimeter für Millimeter bewegte sich der Schlüssel, bis der Bart senkrecht stand. Jetzt noch schieben.

»Yes!«, schrie ich freudig auf, als der Schlüssel tatsächlich aus dem Türschloss fiel. Gleichzeitig betete ich, dass er nicht neben die Pappe gefallen war. Mein Herz flatterte vor Aufregung. Ängstlich zog ich die Pappe hervor – leer.

»Verdammt!«, fluchte ich, während Marianne und meine Tante entmutigt aufstöhnten. Verzweifelt legte ich mich flach auf den Boden und spähte durch den Türspalt. »Ich ... ich kann ihn sehen. Moment.« Noch einmal fummelte ich mit der Pappe unter der Tür. Jetzt lag er schon ein Stückchen näher. Ein weiteres Mal schob ich die Pappe durch und diesmal kam der Schlüssel bis zur Tür mit. Vorsichtig schob ich ihn durch den Spalt und schnappte ihn mir.

Keine Minute später standen wir oben auf der Treppe und lauschten nach unten. Es war immer noch nichts zu hören. Tante Linda schlich hinunter in den ersten Stock. Wir folgten ihr. Noch immer war es totenstill im Haus.

»Ihr bleibt hier«, raunte uns Tante Linda zu. Sie verschwand kurz im Badezimmer und kam bewaffnet mit einer Rückenbürste wieder heraus. Sie nickte kurz und ging dann zum Büro. Leise öffnete sie

die Tür. Das Bild, das sich uns bot, war noch schlimmer, als ich befürchtet hatte. Sämtliche Schubladen waren aus den Schränken gerissen, alle Ordner lagen zerstreut auf dem Boden. Die Rückenlehne und die Sitzfläche des Schreibtischstuhls waren aufgeschlitzt. Unter all dem Chaos musste das Telefon liegen. Es zu suchen, hätte jedoch zu viel Lärm gemacht und zu viel Zeit gekostet. Leise schlichen wir auf den Flur und spähten ins Schlafzimmer. Auch dort sah es nicht besser auf. Die Matratzen aufgeschlitzt und die Federn aus den kaputten Kissen lagen überall verteilt herum. Tante Linda legte den Zeigefinger auf die Lippen und deutete auf die Treppe. Mit

Handzeichen gab sie uns zu verstehen, dass, falls etwas passierte, Marianne und ich nach oben laufen und uns einschließen sollten. Wir nickten. Stufe für Stufe schlich sie nach unten ins Erdgeschoss. Marianne stellte sich neben mich und umklammerte meinen Arm. Vor lauter Angst kniff sie mich mit ihren Fingernägeln. Ich biss die Zähne zusammen, um nicht laut »Aua!« zu rufen. So standen wir da und warteten. Bereit, nach oben zu rennen.

»Sie sind weg!«

Augenblicklich stürmten Marianne und ich die Treppe herunter. Meine Tante stand fassungslos in dem, was gestern noch das Wohnzimmer gewesen war. Es sah aus, als hätte eine Bombe eingeschlagen, alles war verwüstet. In der einen Hand hielt sie ein aufgeschlitztes Sofakissen. In der anderen eine Pistole.

»Nur Plastik«, murmelte meine Tante, als sie hörte, wie Marianne und ich aufkeuchten. »Es ist nur eine Spielzeugpistole.« Sie schüttelte ungläubig den Kopf, schien sich dann aber wieder zu besinnen.

»Wir müssen die Polizei anrufen«, sagte sie und schob uns zur Seite, um zurück in den Flur zu gehen. Die Kommode lag auf der Seite und der ganze Inhalt verteilte sich auf den Fliesen. Ich entdeckte als erstes den Hörer. Und kurz darauf fanden wir auch den Rest des Telefons unter der Kommode. Es sah noch heil aus, bis auf einige Kratzer. Jetzt war ich richtig froh, dass meine Tante so ein Steinzeittelefon hatte. Schon nach wenigen Augenblicken ließ meine Tante den Hörer sinken. Ich hatte mich zu früh gefreut.

»Es kommt kein Freizeichen.« Demonstrativ drückte sie auf den Tasten herum, ehe sie das Kabel verfolgte. Nach wenigen Sekunden schnaufte sie. »Dieser Mistkerl hat das Kabel durchgeschnitten!« Wie zum Beweis hielt sie das abgetrennte Kabel hoch, dessen Stecker noch in der Buchse war.

»Mein Ladekabel …«, begann ich, aber Tante Linda deutete nur auf die ausgekippte Reisetasche, die neben der Garderobe lag.

»Das dauert zu lange. Kommt, wir müssen ihn selber aufhalten!« Kaum hatte sie ausgesprochen, rannte sie auch schon zur Tür und riss sie auf.

»Ähm, Mama, du trägst noch einen Bademantel.«

»Na und? Du trägst noch deinen Schlafanzug. Beschwere ich mich?«, antwortete sie.

»Ja, aber mein Jumpsuit mit der Meerjungfrau ist cool. Dein Bademantel definitiv nicht.«

Aber das hörte Tante Linda schon nicht mehr, denn sie stand schon draußen. »Ich hole nur schnell den Ersatzschlüssel ...«

Der Rest blieb unausgesprochen. Stattdessen begann sie lauthals zu fluchen: »Dieser elende Mistkerl! Wenn ich den in die Finger bekomme, dann bringe ich ihn eigenhändig um.«

Ich folgte ihrem Blick. »Da wollte wohl jemand auf Nummer sicher gehen«, kommentierte ich die aufgeschlitzten Reifen am VW-Bus.

Zitternd sank Tante Linda auf die Knie und begann hemmungslos zu weinen.

Auch ich zitterte am ganzen Körper und hätte mich am liebsten im Bett verkrochen. Gleichzeitig war ich so wütend auf diesen Idioten. Auf keinen Fall durfte er uns entwischen, falls es nicht schon zu spät war. Auf dem Festland würde er garantiert auf Nimmerwiedersehen verschwinden. Mit einem Mal sah ich überraschend klar. Ich glaube, das ist das, was meine Mutter meinte mit: Wenn es drauf ankommt, wächst man über sich hinaus.

»Tante Linda?« Ich legte meiner Tante die Hand auf die Schulter. »Marianne und ich nehmen die Fahrräder. Geh du zu den Nachbarn und verständige die Polizei.«

Sie sah auf und ich hatte das Gefühl, dass meine Worte gar nicht zu ihr durchgedrungen waren. Doch dann nickte sie und rappelte sich auf. Marianne und ich sprinteten zum Fahrradschuppen, rissen die Tür auf und schnappten uns die beiden vorderen Fahrräder.

Wir stiegen auf und wollten gerade losfahren, als ein roter Ford Fiesta hupend auf den Hof fuhr. Ich hielt inne und brauchte eine Sekunde, bevor ich das Auto erkannte.

»Mama!«, kreischte ich, sprang vom Fahrrad und stürmte in ihre Richtung. Noch bevor sie ganz stand, hatte ich die Beifahrertür aufgerissen und kletterte nach hinten auf die Rückbank.

»Beeil dich, Marianne!«, rief ich meiner Cousine zu, die für meinen Geschmack viel zu langsam reagierte.

»Kann mir mal jemand ...« Meine Mutter blickte von mir zu Marianne und Tante Linda.

»Keine Zeit für Fragen. Dreh um und fahr zurück zum Bahnhof!«, befahl ich ihr. Inzwischen saß Marianne auf dem Beifahrersitz.

»Linda, kannst du mir ...«

»Ich erkläre es dir später!«, rief meine Tante und schlug die Autotür zu. »Fahrt! Ich rufe die Polizei.« Schon drehte sie sich um und rannte in Richtung Straße.

»Was ...?«

»Mama, keine Zeit! Fahr endlich los, sonst entkommt er uns!«

Verdattert fuhr sie los. »Zu welchem Bahnhof? Auto oder ...«

»Ja, zum Auto ... «

»Quatsch, zum normalen Bahnhof«, unterbrach ich Marianne abrupt. »Der hat doch gar kein Auto und ...«

Diesmal unterbrach mich Marianne. »Ja, aber falls doch, der Zug fährt früher.«

»Überzeugt«, sagte ich und wandte mich dann an meine Mutter. »Kannst du nicht schneller fahren, Mama?«

»Caro, hier sind 50 erlaubt und ich fahre schon 60.«

»Aber sonst entkommt er noch.«

Ich beobachtete konzentriert die Umgebung durch die Frontscheibe. Vielleicht war Werner wieder zu Fuß unterwegs.

Als der Flughafen in Sicht kam, unterbrach meine Mutter das Schweigen: »Würde mir jetzt einer von euch beiden erklären, was hier los ist?« An ihrer Tonlage erkannte ich, dass sie keine Widerrede duldete. »Ich warte! Oder muss ich erst anhalten, um euch zum Reden zu bringen?«

»Nein, bloß nicht anhalten!« Ich entschied mich für die absolute Kurzfassung, und zwar, dass Werner ein Heiratsschwindler war, uns eingesperrt hatte und nun versuchte, unbehelligt von der Insel zu flüchten.

Im Rückspiegel konnte ich sehen, wie meine Mutter die Stirn runzelte und leicht den Kopf schüttelte. Selbst in meinen Ohren klang es total nach einem schlechten Krimi, was ich da erzählte. Marianne kam mir zu Hilfe.

»Es stimmt wirklich, Tante Monika. Er hat das ganze Haus verwüstet und das Kabel vom Telefon durchgeschnitten. Mama war eben auf dem Weg zu den Nachbarn, die Polizei rufen. Bitte, dieser Mistkerl darf nicht entkommen!«

»Na, dann dürfen wir keine Zeit verlieren!«, rief meine Mutter und fuhr ein kleines bisschen schneller.

14

Auf der Flucht

Bis zum Autozug schafften wir es gar nicht erst. Wir fuhren gerade am Bahnhofsvorplatz mit seinen Riesen vorbei, als ich auch schon die beiden Polizeiwagen entdeckte. Also hatte Tante Linda bei den Nachbarn telefonieren dürfen.

»Meinst du, sie haben ihn schon?«, fragte ich Marianne und beugte mich zwischen den Sitzen nach vorne, um besser zu sehen.

»Ich sehe ihn jedenfalls nicht«, meinte Marianne. Suchend blickte ich über den Vorplatz und sah mir im Vorbeifahren die Streifenwagen genauer an. Werner war tatsächlich nicht zu sehen. War er schon von der Insel runter oder hielt ihn die Polizei im Gebäude fest? Oder waren sie gar nicht wegen Werner hier? In dem Moment entdeckte ich ein vertrautes Gesicht.

»Da!«, rief ich. »Ist das nicht dieser Müller?«

Vor uns sprang die Ampel auf Rot und ich nutzte die Gelegenheit. »Los, steig aus!«, befahl ich Marianne, die zum Glück sofort reagierte. Ich schälte mich von der Rückbank und sprang aus dem Auto, als die Ampel wieder auf Grün umsprang. Ohne auf das Hupen der anderen Autos zu achten, lief ich über die Straße.

»Haben Sie ihn?«, rief ich laut und rannte auf den Polizisten zu. Er hörte mich nicht, ich wiederholte meine Frage, als ich neben ihm nach Luft schnappend zum Stehen kam.

»Was?«, fragte er und sah mich einen Moment verwirrt an. Dann schien er sich zu erinnern.

»Ach, ihr seid das. Nein, es fehlt bis jetzt leider jede Spur.«

»Haben sie an den Autozug gedacht?«, mischte sich Marianne ein.

Er schien einen Moment zu überlegen, ob er uns überhaupt etwas erzählen durfte, dann nickte er: »Dort überprüft ein Kollege die Autos, aber es sieht nicht gut aus. In den Zügen, die hier sind, befindet sich keine Person, auf die die Beschreibung passt.« Er seufzte und fuhr fort: »Deswegen können wir nicht ausschließen, dass er schon in oder auf einem der Züge ist, die Sylt bereits verlassen haben.«

»Oh«, kam es von Marianne.

Oh? Mehr fiel ihr nicht ein? Ich ließ meinen Gefühlen freien Lauf. »Das darf doch nicht wahr sein! So 'ne verdammte Scheiße. Er wäre schon längst hinter Gittern, wenn die Polizei auf uns gehört hätte!« Ich stampfte wie ein trotziges Kind vor Wut mit dem Fuß auf. Da kam endlich der Stein ins Rollen und alle Welt glaubte uns, und nun war der Betrüger entkommen.

»Na na na, das gehört sich aber nicht für eine junge Dame«, tadelte mich Herr Müller, fügte dann aber eine Spur versöhnlicher hinzu: »Keine Sorge, unsere Kollegen vom Festland sind informiert. Sobald die Züge einfahren, werden die Fahrzeuge und Waggons kontrolliert. Ich verspreche dir, wir schnappen ihn.«

»Ja ja, dass sagen die Polizisten in meinen Büchern auch immer. Und heraus kommt nichts.« Ich wartete gar keine Antwort ab, sondern verschränkte meine Arme vor der Brust und stapfte zu meiner Mutter, die inzwischen einen Parkplatz gefunden hatte.

»Und?«

»Nichts«, brummte ich.

»Aber sie suchen«, ergänzte Marianne, die mir gefolgt war. Aus lauter Frust kickte ich einen kleinen Stein weg, der vor meinen Füßen lag. Ich folgte seiner Flugbahn und traute meinen Augen nicht.

»Ist das ...?«, fragte ich und konnte nicht verhindern, dass sich meine Stimme überschlug.

»Was? Wo?«, fragten Marianne und meine Mutter gleichzeitig.

»Na da!« Aufgeregt deutete ich auf einen Mann, der auf ein Handy starrte und zielstrebig zur Straße ging.

»Nee, der sieht doch ganz ... Mensch, du hast recht! Was macht der denn hier?«

»Keine Ahnung, aber das finde ich gleich heraus«, verkündete ich und schon setzten sich meine Beine in Bewegung.

»Herr Deutz?«, rief ich. »Werner Deutz?« Der Mann blieb stehen, blickte aber nur konzentriert auf den Verkehr. Mich schien er nicht gehört zu haben.

Noch einmal rief ich. Diesmal lauter. Das half. Er hielt inne und sah sich irritiert um. Schnaufend kam ich neben ihm zum Stehen.

»Herr Deutz?«

Er nickte und zog die Stirn dabei fragend kraus.

»Ich ... ich bin Caro.«

Das schien ihm nichts zu sagen.

»Caroline Berger«, ergänzte ich genervt und blickte hilflos zu Marianne, die nun auch neben mir zum Stehen kam.

»Und, ist er der echte Werner Deutz?«,

Jetzt sah er komplett verwirrt aus.

»Moment. Ihr wisst etwas über diesen Mann, der meinen Namen benutzt?« Er steckte sein Handy weg und sah uns neugierig an.

Ich nickte aufgeregt.

»Er wollte meine Tante heiraten ... Deswegen hatte ich doch angerufen.«

»Angerufen?« Er kratzte sich am Hinterkopf. »Ich weiß nicht, wovon du redest. Ich wurde von der Polizei angerufen, wegen eines Mannes, der den gleichen Namen hat wie ich.«

»Oh«, entschlüpfte es mir. »Dann haben Sie meinen Anruf gestern Mittag gar nicht bekommen? Ich habe Ihnen aufs Band gesprochen.«

Er holte sein Handy raus, aber ich schüttelte den Kopf.

»Nicht auf dem Handy. Die Nummer von der Website.«

»Ach so«, antwortete er. »Da wird es wahrscheinlich noch immer sein. Nach dem Anruf der Polizei gestern war ich ziemlich verstört, müsst ihr wissen. Ich fand die Geschichte, dass hier ein Werner Deutz sein soll, nicht weiter verwunderlich. Immerhin gibt es den Namen häufiger, als man glaubt. Aber dann sagte die Polizei, dass zwei Mädchen behaupten, dass er sich als Inhaber meines Geschäfts ausgibt und baten mich, nach Sylt zu kommen. Ich habe direkt meinen Laden geschlossen, zuhause ein paar Sachen eingepackt und bin losgefahren. Eigentlich wollte ich schon gestern Abend da sein, aber mein Zug hatte Verspätung, deswegen musste ich in Hamburg übernachten.« Dann schien ihm ein Gedanke zu kommen. »Aber wenn ihr was über diesen Mann wisst, solltet ihr vielleicht mitkommen. Ich bin gerade auf den Weg zur Polizeiwache, um mit einem Herrn Müller ...«

Ich unterbrach ihn. »Den Weg können Sie sich sparen. Herr Müller steht da hinten.« Kurzerhand schnappte ich mir seinen Arm und zog ihn hinter mir her.

»Das ist er!«, rief ich Herrn Müller zu. »Also der echte Werner Deutz!«

»Danke, Caro! – Es freut mich, Herr Deutz, dass Sie sich die Zeit genommen haben, nach Sylt zu kommen.«

»So, wie Sie die Sache am Telefon erklärt haben, blieb mir keine andere Wahl«, meinte Werner Deutz. »Ich hoffe sehr, dass ich Ihnen in dieser Angelegenheit helfen kann. Ich habe vorsichtshalber meine Geburtsurkunde und meine Meldebestätigung mitgebracht.«

»Kann mir mal jemand erklären, was hier los ist?« Keine Sekunde länger hielt ich diese Unwissenheit aus. »Ich verstehe nur Bahnhof. Sie haben uns doch nicht geglaubt, und nun ist Herr Deutz hier?«

Marianne stimmte mir mit einem schnellen Kopfnicken zu.

»Das ist leicht erklärt. Frau Seehofer wurde misstrauisch, als euer Werner gleich wusste, dass ihr ihn des Betrugs bezichtigt. Auch wenn der Ausweis stimmte und nichts gegen ihn vorlag, hat ihr die Sache keine Ruhe gelassen.« Er zwinkerte uns verschwörerisch zu. »Aus diesem Grund haben wir beide eure Hinweise näher unter die Lupe genommen und in Köln angerufen. Nach dem Telefonat war uns klar, dass hier etwas faul ist.«

»Und deswegen sollte Herr Deutz nach Sylt kommen«, schlussfolgerte ich. »Nur leider etwas zu spät.«

Herr Müller nickte und meinte: »Das konnte nun niemand ahnen. So, jetzt habt ihr aber genug geholfen. Wie wäre es jetzt erstmal mit Frühstück?«

Meine Mutter, die inzwischen ebenfalls bei Herrn Müller stand, sah es wohl genauso, denn sie holte ihre Geldbörse aus der Handtasche und drückte mir einen 20-Euro-Schein in die Hand. Marianne und ich schoben ab.

»Gerade jetzt schicken die Erwachsenen uns weg!«, maulte ich.

»Gemeinheit!«, stimmte Marianne mir zu.

Eine halbe Stunde später saßen Marianne und ich immer noch beleidigt auf einer Bank und nuckelten Apfelsaftschorle, die wir im Bahnhofskiosk gekauft hatten. Kekse hatten wir auch schon intus, eigentlich waren wir gestärkt für weitere Abenteuer. Aber seit wir hier saßen, hatte sich nichts weiter getan. Außer, dass inzwischen auch Tante Linda auf dem Bahnhofsplatz erschienen war. Die Nachbarin, Frau Schlüter, hatte sie hergefahren.

Die Erwachsenen diskutierten sichtlich aufgebracht mit Händen und Füßen. Ich schüttelte den Kopf.

»Reden, reden und nochmal reden. Statt hier herumzustehen, sollten sie lieber nach diesem Betrüger suchen.«

Als hätte meine Mutter es gehört, löste sie sich von der Gruppe und kam zu uns. Wortlos nahm sie mir meine Flasche aus der Hand und trank einen großen Schluck.

»Gibt's was Neues?«, fragte Marianne hoffnungsvoll.

»Leider nein. Der falsche Werner war weder auf dem Autozug noch im Personenzug. Es scheint, als ob er noch auf der Insel ist.«

»Dann ist es ja nur eine Frage der Zeit, bis sie ihn fassen«, stellte ich erleichtert fest.

»Ja und nein«, antwortete meine Mutter. »Aktuell durchsuchen sie jedes Auto, aber wenn sich der falsche Werner versteckt ...«

»Du meinst, sie können nicht ewig kontrollieren?«

Meine Mutter nickte.

»Sie wollen zwar ein Fahndungsfoto aushängen, aber falls ihr noch eine Idee habt ... Linda meinte, dass ihr ihn anscheinend öfters verfolgt habt.«

Marianne rieb sich grübelnd die Stirn. »Er war beim Leuchtturm und in der Stadt. Hmmm ... vielleicht ist er bei der Frau vom Leuchtturm und versteckt sich zusammen mit ihr.«

»Gut möglich. Wisst ihr, wo sie wohnt?«, fragte meine Mutter.

»Wir hätten doch ihre Adresse herausfinden sollen«, sagte Marianne zerknirscht.

»Ich glaube auch nicht, dass er sich hier auf der Insel verstecken will«, gab ich zu bedenken. »Überlegt doch mal. Ihm war klar, dass wir nicht ewig eingesperrt bleiben würden. Auf der Insel wäre es viel zu gefährlich für ihn. Er ist raffiniert. Die Wahrscheinlichkeit, erkannt zu werden, ist einfach zu groß, selbst wenn er sich die Haare färbt oder etwas anderes anzieht. Also ich würde auf jeden Fall so schnell wie möglich die Insel verlassen, aber nicht unbedingt so offensichtlich.« Das war's! Ich schlug mir mit der Hand auf die Stirn. »Gibt es noch andere Möglichkeiten, von der Insel zu kommen?«

»Er könnte über das Watt laufen, aber das ist nur was für erfahrene Wattwanderer ...«, sagte Marianne zögernd. »... und außerdem ist jetzt keine Ebbe. Ansonsten könnte er mit einem privaten Schiff die Insel verlassen, oder ...«, sie legte kunstvoll eine Pause ein und ihre Augen blitzten auf, »die Fähre nach Dänemark!«

Ich verstand sofort. »Natürlich. Die dänische Frau, die er am Hafen getroffen hat.«

»Würdet ihr mich kurz aufklären?«, fragte meine Mutter.

Und das taten wir.

Keine fünf Minuten später befanden wir uns auf den Weg nach List, wo, direkt neben dem Eiscafé der Anlegeplatz der Fähre nach Dänemark war. Marianne und ich saßen zusammen mit Tante Linda hinten im Polizeiauto. Gefolgt von meiner Mutter und Herrn Deutz in unserem Fiesta. Für mich war es unmöglich, ruhig zu sitzen. Fieberhaft suchte ich die Straße ab.

»Kannst du bitte still sitzen«, ermahnte mich meine Tante. »Du machst mich noch nervöser, als ich eh schon bin.«

Marianne drückte leicht die Hand ihrer Mutter, die die kleine Geste mit einem Lächeln erwiderte und sagte: »Ich bin froh, wenn dieser Gauner geschnappt ist.«

Das ist wohl jeder, dachte ich und sah wieder aus dem Fenster. Man, wir waren total langsam.

»Können wir nicht schneller fahren?«, rief ich nach vorne. »Sonst entwischt er uns noch!«

»Auch wir müssen uns an Regeln halten. Und wir wollen ihn doch nicht durch das Blaulicht und die Sirene vorwarnen, falls er es wirklich mit der Fähre versucht. Es reicht schon, dass wir die Abfahrt der Fähre verzögert haben«, kam prompt die Erklärung von vorne. Ich stöhnte auf.

Die Fahrt kam mir wie eine Ewigkeit vor. Häuser wechselten sich mit Wiesen, Heidelandschaft und Sanddünen ab. Ob er wohl dort war? Er musste einfach. Werner durfte uns nicht entkommen. Vor Aufregung klopfte mein Herz viel schneller als sonst.

»Wir sind gleich da«, riss mich die Stimme von Frau Seehofer aus meinen Gedanken. Endlich! Das wurde aber auch Zeit. Hatte die

Fähre wirklich gewartet? Was, wenn sie mit Werner an Bord ausgelaufen war? Der Gedanke bereitete mir Bauchschmerzen. Wenn wir zu spät kamen ... Wenn er nicht da war ... Das Geld von Tante Linda wäre für immer verschwunden. Sie hatten zwar Mariannes verstecktes Geld, aber all die Ersparnisse für die Wintermonate waren weg. Hatten wir wirklich alles probiert? Hätten wir nicht doch etwas anders machen können, damit die anderen uns früher geglaubt hätten?

Neben mir würgte Marianne.

»Alles in Ordnung?« Tante Linda beugte sich in unsere Richtung. »Du siehst total blass aus.«

Marianne sah total angespannt und wütend aus. Kleine Schweißperlen standen auf ihrer Stirn. Sie nickte.

»Es ist doch nur Geld. Und den Rest kann man alles ersetzen. Wichtiger ist doch eigentlich, dass uns nichts passiert ist und er gefasst wird«, versuchte Tante Linda, uns zu beruhigen. Dabei sah sie selbst nicht besser aus als ihre Tochter.

Frau Seehofer räusperte sich und drehte sich zu uns nach hinten um. »Wenn wir gleich da sind, lasst ihr uns unsere Arbeit machen«, sagte sie eindringlich. »Ihr steht uns nicht im Weg herum und behindert uns auch sonst nicht. Haltet euch am besten im Hintergrund. Wir können nicht ausschließen, dass er gefährlich ist. Ihr bleibt im Auto, bis wir die Lage sondiert haben. Keine Detektivarbeit mehr. Habt ihr gehört? Jetzt sind die Profis am Zug.«

Ich verschränkte beleidigt die Arme vor der Brust und ließ mich tiefer in die Sitzpolster sinken. Jetzt, wo es spannend wurde. Doch dann erinnerte ich mich an Werners nächtlichen Besuch und schluckte meinen Protest hinunter.

Der Wagen hielt am Straßenrand und Herr Müller und Frau Seehofer stiegen aus. Ein letzter, mahnender Blick und die Autotüren schlossen sich. Hinter uns hielten meine Mutter und Herr Deutz. Ich konnte durch das Rückfenster erkennen, wie Herr Müller zum Auto ging und etwas sagte. Meine Mutter winkte mir zu, als die beiden Polizisten verschwanden.

»Meinst du, er ist da irgendwo?«, raunte ich Marianne zu. Ich beugte mich über sie zum Fenster, um besser sehen zu können. Ab und zu sah ich ein Stück Polizeiuniform, oder bildete es mir zumindest ein, denn wirklich viel konnte ich von der Fähre nicht sehen. Je länger die beiden Polizisten wegblieben und suchten, desto unruhiger wurde ich.

»Er ist nicht hier. Sonst hätten sie ihn schon längst«, murmelte ich vor mich hin.

»Ich glaube, du hast recht. Das darf doch alles nicht wahr sein«, schimpfte Marianne.

Nur Tante Linda blieb überraschend ruhig. »Jetzt wartet doch erst einmal ab.«

In diesem Moment verließen die Polizeibeamten die Fähre. Von Werner war weit und breit nichts zu sehen. Ich konnte sehen, wie meine Tante jetzt doch enttäuscht zusammensackte.

»Immerhin ist uns nichts passiert«, sagte sie und stieg aus. Meine Mutter stieg ebenfalls aus und ging auf Tante Linda zu. Aufmunternd nahm sie ihre ältere Schwester in den Arm. Jetzt stieg auch Herr Deutz aus. Wir schlossen uns an.

»Tut mir leid«, erklärte Herr Müller uns, als er am Polizeiwagen ankam. »Auf der Fähre war niemand, der auch nur im Entferntesten aussah wie der falsche Werner Deutz.«

Verdammt, ich hätte schwören können, dass er auf diesem Weg die Insel verlassen will. Marianne schien das gleiche zu denken, denn sie sagte: »Dabei hätte ich mein gesamtes Taschengeld darauf verwettet.«

Die Erwachsenen unterhielten sich wieder. Mir reichte es. Dieser Blödmann war verschwunden und irgendwie fühlte ich mich dafür verantwortlich. Justus Jonas wäre das niemals passiert, dachte ich und drehte mich wütend um.

»Komm, wir setzen uns ins Auto«, sagte ich zu Marianne und marschierte, den Blick auf den Boden gerichtet, los.

»Echt doof gelaufen. Ich hätte wirklich gedacht, dass er ist hier ist«, meinte Marianne als sie mich eingeholt hatte.

»Hmm«, brummte ich nur. Zu mehr hatte ich keine Lust. Passend zu meiner Stimmung protestierte über mir eine Möwe, als die Fähre hörbar ablegte. Gleichzeitig begann irgendwo ein Kind zu weinen.

Anstatt mich wieder in den Polizeiwagen zu setzen, ging ich einfach weiter zum Fähranleger und lehnte mich ans Geländer. Ich weiß nicht, wie lange ich der Fähre hinterher starrte, aber irgendwann drehte ich mich um.

»Das ist doch alles total ungerecht«, schimpfte ich und schaute auf. Unwirsch deutete ich auf all die Leute, die sich noch am Hafen befanden. »Sieh nur, wie glücklich die alle aussehen. Es ist Dienstagmorgen, kurz vor neun und die sehen völlig entspannt aus. Das ist doch ...«

Meine Stimme versagte und ich musste schlucken. Ich ignorierte Mariannes fragenden Blick und schirmte meine Augen gegen die Helligkeit ab.

»Psst«, flüsterte ich. »Schau mal unauffällig nach rechts. Auf drei Uhr!«

Die Jacke, die Frisur – da saß nur wenige Meter entfernt eindeutig die Frau vom Leuchtturm auf einer Bank, trank aus einem To-Go-Becher wahrscheinlich Kaffee und las in einem Buch. Von Werner war weit und breit nichts zu sehen.

»Warte hier«, hauchte Marianne und stieß sich gelangweilt ab. »Lass sie nicht aus den Augen.« Etwas lauter sagte sie dann: »Ich frage mal, wie lange wir hier noch unsere Zeit vergeuden wollen.« Ich lehnte mich leicht nach hinten, als wolle ich mir die Sonne ins Gesicht scheinen lassen. Durch halb geschlossene Augenlider beobachtete ich die Frau. Ab und zu huschte ihr Blick von dem Buch hoch. Von Werner fehlte weiterhin jede Spur. Zwei, vielleicht auch drei Minuten später kam Marianne auch schon zurück.

»Sie glauben, Werner ist hier auch irgendwo in der Nähe«, flüsterte sie mir zu und fügte etwas lauter hinzu: »Tja, die Polizei glaubt inzwischen, dass Werner schon längst die Insel verlassen hat.«

Einige Minuten später kamen die anderen zu uns.

»Fünf Minuten noch, dann fahren wir zurück aufs Revier, um eure Aussagen aufzunehmen«, verkündete Herr Müller betont laut.

»Das war's dann wohl«, erwiderte Tante Linda. Meine Mutter hakte sich bei Linda unter und ging mit ihr zu unserem Auto. Marianne folgte Herrn Müller. Herr Deutz stellte sich neben mich und zündete sich eine Zigarette an.

»Ich hoffe, das stört dich nicht. Eine verdammt schlechte Angewohnheit. Eigentlich habe ich aufgehört, aber in dieser Situation ...« Er zuckte entschuldigend mit den Schultern.

»Jedem das Seine«, murmelte ich und nahm wieder meine Beobachtungshaltung ein. Noch immer saß die Frau auf der Bank, und ich fragte mich, wie der Plan aussah. Herr Müller öffnete die Autotüren und schlug sie ohne einzusteigen laut wieder zu. Dann kamen er und Frau Seehofer langsam wieder in unsere Richtung. Beide nickten sich zu und ich sah, wie Frau Seehofer davon eilte.

Bevor ich überhaupt ahnen konnte, was als nächstes passieren würde, kam Frau Seehofer blitzschnell um die Ecke geschossen und stand nach wenigen Schritten vor der Bank, auf der die Unbekannte saß.

Frau Seehofer sagte etwas zu ihr. Die Komplizin sah auf, zuckte mit den Schultern und schüttelte immer wieder den Kopf. Jetzt begann sie, aufgeregt zu gestikulieren. Zu gerne hätte ich verstanden, was dort besprochen wurde. Das einzige, was ich hörte, waren die Möwen und das Wasser. Warum redeten sie nur so leise? Frau Seehofer zeigte nun in unsere Richtung, was die Frau nur dazu brachte, heftig den Kopf zu schütteln.

»Tut mir leid, ich weiß nicht, wovon sie sprechen. Sie müssen mich verwechseln«, hörte ich sie diesmal mit lauter, aufgebrachter Stimme sagen. »Ich bin erst seit gestern auf der Insel.«

Noch einmal schüttelte sie den Kopf und bückte sich, um ihre Handtasche, die zwischen ihren Füßen stand, aufzuheben. Sie öffnete sie und wühlte darin herum.

»Caro, auf deinen Arm sitzt eine Biene«, warnte mich Herr Deutz.

Panisch machte ich einen Satz nach vorne und fuchtelte wild mit den Armen herum. Dabei fiel mein Blick auf einen Strandkorb. Mitten in der Bewegung erstarrte ich. Werner! Also der Betrüger. Er hatte zwar lange blonde Haare und trug Ökolatschen, aber das Gesicht war eindeutig Werner.

»Da ist er ... da, im Strandkorb!«, keuchte ich.

Während ich wie angewurzelt dastand, warf Herr Deutz seine Zigarette auf den Boden und sprintete los. Plötzlich ging alles sehr schnell. Der falsche Werner schaute in unsere Richtung, stand auf und brüllte etwas Unverständliches. Nie hätte ich gedacht, dass er so schnell laufen kann. In diesem Moment sprang auch die Frau auf, warf ihre Tasche gegen Frau Seehofer und flüchtete. Die Türen des Fiesta wurden aufgestoßen und meine Mutter und meine Tante rannten ebenfalls los. Marianne überholte die beiden.

»Jetzt komm schon!«, rief sie mir zu, als sie auf meiner Höhe war. Das weckte mich aus meiner Starre und ich lief los. Nach ein paar Metern bremste ich ab und blieb stehen. Frau Seehofer kam mir mit Marianne und der Komplizin entgegen. Nur vom echten und falschen Werner war nichts zu sehen. Enttäuscht folgte ich Frau Seehofer zurück zum Auto. Sie öffnete gerade die Autotür, als der echte Werner mit hochrotem Kopf um die Ecke kam.

»Er ist mir entwischt!«, berichtete er keuchend.

Mist! Da war er direkt vor unserer Nase und dann konnte er entkommen. Ich war so unglaublich wütend auf mich. Warum hatte ich ihn nicht schon früher gesehen?

»Mir dafür nicht«, ertönte aus heiterem Himmel die Stimme von Herrn Müller. »Im Gegenteil, er lief mir praktischerweise direkt in die Arme, als er hintenrum auf dem Weg zur Straße war.«

Er war gerade um die Ecke gebogen, wo die Toiletten waren. Vor ihm lief der falsche Werner, dessen lange Haare recht merkwürdig vom Kopf hingen. Ich brauchte einen Moment, bis ich erkannte, dass es daran lag, dass er eine Perücke trug, die nicht mehr richtig saß. Außerdem trug er Handschellen. Ich konnte nicht anders und streckte ihm die Zunge heraus.

»Wie würde Justus sagen: Geheimsache Aal können wir zu den Akten legen!« Ich stellte mich neben Marianne und stupste ihr mit einem breiten Grinsen in die Seite.

15

Pizza für alle

Es klingelte an der Haustür.

»Das ist sicherlich die Pizza. Geld liegt auf der Kommode. Kinder, seid ihr so lieb?«, rief meine Tante.

»Yippiiiieh«, schrie ich und rannte mit Marianne zur Tür. Nach unseren Aussagen bei der Polizei hatten wir den restlichen Tag damit verbracht, mit vereinten Kräften das Haus aufzuräumen. Sogar Herr Deutz hatte seine Hilfe angeboten. Das Erdgeschoss hatten wir geschafft, aber oben sah es noch immer aus, als hätte es ein Erdbeben gegeben. Meine Mutter wollte eigentlich weitermachen, aber Tante Linda hatte darauf bestanden, dass der Rest bis zum nächsten Tag Zeit hätte. Um ihren Worten Ausdruck zu verleihen, schnappte sie sich Mamas Handy und bestellte eine riesige Partypizza für alle.

Mein Magen knurrte hörbar, als Marianne die Tür öffnete und ich mich neben sie schob.

»Hat hier jemand Pizza bestellt?«

Das ließ sich mein Magen nicht zweimal fragen und antwortete mit einem lauten Knurren.

»Da hat aber jemand großen Hunger«, stellte die Pizzabotin fest.

»Und wie!« Ich trat vor. »Ich nehme schon mal die Pizza. Meine Cousine hat das Geld.«

Marianne knuffte mich in die Seite, als ich die Arme ausstreckte.

»Was denn?«

»Das ist Frau Seehofer«, zischte sie mir zu.

»Oh...«, brachte ich nur hervor und sah mir die Pizzabotin genauer an. Marianne hatte recht. Vor uns stand Frau Seehofer. Diesmal in privaten Klamotten, weswegen ich sie nicht gleich erkannt hatte.

»Was dauert das denn so lange? Reicht das Geld nicht?«, ertönte es hinter uns. Meine Tante erschien neben mir und sah von der Pizza zu Frau Seehofer. Sie sah genauso verwirrt aus, wie ich mich fühlte.

Frau Seehofer prustete los. »Keine Sorge, ich muss mein Gehalt nicht als Pizzabotin aufstocken. Der Lieferwagen ist direkt vor mir auf den Hof gefahren und der Bote war so nett und hat mir die Pizza überlassen. Scheint aufs Haus zu gehen«, meinte sie und deutete auf einen Zettel, der an einer Flasche Cola klebte: FÜR UNSERE SYLTER DETEKTIVE.

»Cool!« Ich stupste Marianne an. »Wir sind berühmt.«

»Ja, da siehst du mal, dass Sylt ein kleines Dorf ist«, meinte Marianne lachend.

»Ich unterbreche dich nur ungern«, meldete sich Frau Seehofer wieder zu Wort. »Aber die Pizza wird kalt.«

»Auch wieder wahr.« Ich nahm ihr den großen Karton ab. »Wollen Sie auch ein Stück?«

»Wenn ich nicht störe.«

»Quatsch!«, rief ich ihr über die Schulter zu.

»Caro hat recht, kommen Sie«, lud meine Tante sie ein und schloss die Tür. Da war ich schon bei den anderen im Wohnzimmer. Ich stellte die Pizza in die Mitte auf den Fußboden und setzte mich dazu.

»Entschuldigen Sie, leider kann ich Ihnen nichts Bequemeres anbieten«, sagte meine Tante zu Frau Seehofer und deutete auf die aufgeschlitzten Sitzflächen der Stühle. Die drei Nachzügler setzten sich zu uns auf den Boden.

»Mit dem Geschirr ist Werner auch nicht besser umgegangen«, fügte ich hinzu und teilte die Pizza auf Servietten aus.

»Wieso? Ist doch viel gemütlicher!«

Genauso wie die anderen griff Frau Seehofer nach der Pizza und biss herzhaft hinein.

Während ich meine Pizza vernichtete, beobachtete ich Frau Seehofer. Bevor ich meine Gedanken aussprechen konnte, kam Marianne mir zuvor: »Warum Sie uns die Pizza bringen, weiß ich. Aber warum sind Sie überhaupt zu uns gekommen?«

Frau Seehofer lächelte und wischte sich mit einer Serviette den Mund ab. »Ich dachte mir, dass es euch sicherlich interessiert, wie es weitergegangen ist, nachdem wir eure Aussagen aufgenommen haben. Deswegen bin ich nach meinem Feierabend hergekommen.«

Damit hatte sie meine volle Aufmerksamkeit und auch die der anderen. Ich nickte nur, während Marianne sich ein neues Stück Pizza griff, ohne den Blick von Frau Seehofer zu wenden.

»Also«, begann sie und wurde sofort von Marianne unterbrochen.

»Wissen Sie schon seinen Namen? Also seinen echten Namen?«, platzte es aus ihr heraus.

»Gab es noch andere Opfer?« Meine Stimme überschlug sich fast, so aufgeregt war ich. »Müssen wir jetzt vor Gericht aussagen? Gibt es eine Belohnung für die Erfassung?«

»Jetzt ist aber gut!«, fuhr meine Mutter dazwischen. »Lasst die arme Frau doch erst einmal zu Wort kommen.«

Die Erwachsenen lachten kurz auf, was ich mit einem *Pfff* quittierte.

»Also«, begann sie, »ich kann euch so viel sagen, dass wir ein ganzes Stück weiter sind. Werner Deutz war nur eine seiner Identitäten. Markus Rembrandt, Tobias Wolff, Simon von Schnackenburg oder Erik Bergstedt sind nur einige der Namen, die er verwendet hat. Bis jetzt konnten wir ihm zwölf Identitäten und Fälle zuweisen.«

Zwölf? Ich schnaubte verächtlich bei dem Gedanken. Wer weiß, wie oft er davongekommen war.

»Ein Glück hat das Ganze jetzt ein Ende«, meldete sich meine Mutter zu Wort. »Wer weiß, wie vielen Frauen er noch geschadet hätte, wenn Caro und Marianne ...«

»Die zwölf Fälle ...«, begann Marianne, wurde aber unterbrochen.

»Dazu darf ich euch zu diesem Zeitpunkt nichts erzählen. Was ich aber sagen kann ist, dass sein richtiger Name Stephan Berg lautet.«

»Stephan«, murmelte Tante Linda, als könne sie es noch immer nicht fassen.

»Und die Frau vom Leuchtturm? Was ist mit ihr?«, wollte ich wissen.

»Bei der Frau handelt es sich um seine Frau, Sabine Berg.«

»Krass«, sagten Marianne und ich gleichzeitig.

»So kann man es auch sagen«, meinte Frau Seehofer. »Zusammen haben sie in den letzten 15 Jahren ihren Lebensunterhalt als sogenannte Heiratsschwindler verdient. Sie augenscheinlich erfolgreicher als er. Der ergaunerte Betrag, den wir kennen, ist jedenfalls beträchtlich, wobei es natürlich auch eine gewisse Dunkelziffer gibt. Das heißt, Frauen oder Männer, die keine Anzeige erstattet haben.

»Wieso ist man denn so dumm und geht nicht zur Polizei? Ich kapier das nicht. Ich würde sofort Anzeige erstatten. So einer gehört doch hinter Gitter.«

»Stimmt schon, Caro. So genau kann ich dir das auch gar nicht beantworten. Ich schätze aber, dass sich viele Frauen schämen. Das ist so, wie ...« – Frau Seehofer überlegte – »... wie eine schlechte Note in der Schule. Die würdest du doch auch am liebsten vergessen und schon gar nicht deiner Mutter beichten wollen.«

Ich biss mir auf die Lippe und nickte. Ja, das konnte ich nachvollziehen.

»Zum Glück ist deine Tante mit dem Schrecken davongekommen«, sprach Frau Seehofer weiter. »Sie hat es eurem Mut, eurer Hartnäckigkeit und vor allen Dingen euren schlauen Einfällen zu verdanken, dass sie nicht ebenfalls zu den Frauen gehört, die Werner ausgenommen hat.«

»Ja, das stimmt. Ich hab eben eine tolle und mutige Tochter und eine genauso tolle und mutige Nichte.« Tante Linda zog Marianne an sich und strich auch mir über meinen Kopf. »Das nächste Mal sollte ich gleich auf meine Tochter hören, wenn sie versucht, mir etwas zu sagen. Dann wäre mir einiges erspart geblieben. Aber mit so was – damit rechnet man doch nicht.«

»Nein«, stimmte Frau Seehofer zu. »Beim Shopping oder auch bei Kleinanzeigen da rechnet man mit Betrügern, aber auf Flirtseiten? Da rechnet man eher mit einem alten Foto, um sich ein paar Jahre jünger zu schummeln. Oder denkt an Photoshop und ein paar retuschierte Falten oder auch verschwundene Kilos. Vielleicht auch an die verschwiegene Ehefrau, aber damit …« Gedankenverloren spielte sie mit ihrem Ehering. »Es kann gut gehen, aber sogar ich musste ein paar Frösche küssen, um meinen Prinzen zu finden.«

Sie blickte auf und sah Marianne und mir jeweils tief in die Augen. »Auch ihr solltet euch das merken. Man kann nie wissen, wer der andere ist und an wen man gerät. Also, passt auf, mit wem ihr chattet oder welche Freundschaftsanfragen ihr bei Instagram und Facebook annehmt.«

»Ja, ja«, antworte ich und rollte genervt mit den Augen. Diese Predigt hatte ich mir schon hundert Mal von meiner Mutter anhören müssen. »Ich hab es kapiert. Die Frage ist eher, ob ihr es auch kapiert habt? Immerhin waren es Marianne und ich, die nicht auf ihn reingefallen sind.«

»Wo sie recht hat, hat sie recht«, meldete sich nun auch mal Werner zu Wort.

Ich grinste, aber nur halbherzig. Wir hatten den falschen Werner überführt und alles war gut gegangen. Aber nicht ohne eine gewisse Portion Glück. Das war sogar mir klar. Noch immer konnte ich die Panik spüren, die dieser Stephan Berg mit seinen Drohungen in mir ausgelöst hatte. Bei dem Gedanken schüttelte ich mich und schlang die Arme um meinen Oberkörper. Bildete ich mir das nur ein, oder war es hier schlagartig zehn Grad kälter geworden.

»Können wir das Thema wechseln?«, bat ich die anderen. »Ich bin froh, wenn ich nie wieder was von Werner Deutz oder Stephan Berg hören muss«, fügte ich eine Spur leiser hinzu.

Ich nahm ein weiteres Stück Pizza. Die anderen taten es mir gleich und vertieften sich in eine Unterhaltung darüber, dass Sylt in jedem Jahr durch die Sturmfluten Strand verlor. Eine Zeit lang beobachtete ich die Erwachsenen, bis das kalte Gefühl, das sich in meinen Adern ausgebreitet hatte, verschwunden war.

Plötzlich stieß Marianne mich an: »Schau mal«, flüsterte sie mir ins Ohr.

»Was meinst du?« Ich drehte mich zu ihr um und erntete ein Augenrollen. Gleichzeitig deutete sie mit einem Nicken zu meiner Mutter. Ich sah hin, aber verstand nicht worauf sie hinauswollte. Fragend blickte ich sie an.

»Du bist echt schwer von Begriff, oder?«, raunte sie mir ins Ohr. »Ich glaube, den Namen Werner Deutz wirst du wohl noch öfters hören müssen, als dir lieb ist.«

Sie rückte ab und grinste dabei verschmitzt.

»Hä? Wieso?«

»Und so was schimpft sich Detektivin. Schau mal genauer hin!«

Ich blickte hinüber und sah meine Mutter, die sich gerade den letzten Bissen eines Pizzastücks in den Mund schob.

Was war daran …? Weiter kam ich nicht. Die Blicke, die leicht geröteten Wangen, die angeregte Unterhaltung, die Hand vor dem Mund, als wäre es ihr peinlich, dass Werner sie kauen sieht – meine Mutter flirtete doch tatsächlich mit Werner Deutz!

»Ah, der Groschen ist gefallen«, sagte Marianne, als sie meine hochgezogene Stirn bemerkte. »Zumindest kannst du dir bei ihm sicher sein, dass es sein echter Name ist.«

Ich warf meiner Cousine einen giftigen Blick zu und musste dann grinsen. Ja, da konnte ich mir sicher sein. Das konnte was werden. Meine Mutter knutschend auf dem Sofa. Bei dem Gedanken schüttelte ich mich. Verliebte Eltern, das hatte ich bei Tante Linda gesehen, sind einfach nur oberpeinlich. Auch wenn sie so cool sind wie Mama und der echte Werner. Hoffentlich irrten wir uns. Aber so wie meine Mutter lächelte... Marianne stupste mich an.

»Ich würde sagen, nächstes Jahr besuche ich dich in Köln.«

In diesem Moment hasste ich den falschen Werner Deutz. Selbst jetzt noch stellte er mein Leben auf den Kopf!

Die Autorin

Sarah Drews wurde 1983 in Hamburg geboren. Im Alter von 5 Jahren entdeckte sie ihre Liebe zu Büchern und liest bis heute alles, was sie in die Finger bekommen kann. Seit 2016 erweckt sie ihre eigenen Geschichten zum Leben, zu ihren Vorlieben gehören gruselige Erzählungen im Geiste R. L. Stines. Viele ihrer Geschichten finden sich in Anthologien. »Falsches Spiel auf Sylt« ist ihre zweite Veröffentlichung im Verlag Monika Fuchs. – Sarah Drews lebt mit Mann und vier Jungs in Schleswig-Holstein. – Mehr über die Autorin auf www.sarahs-buecherwelt.de

Die Illustratorin

Simone Leiss-Bohn, 1986 geboren und aufgewachsen in einer Kleinstadt nahe Stuttgart, war dort schon früh häufig zeichnend anzutreffen. Als staatlich geprüfte Grafik-Designerin zog sie nach Bremen und arbeitete als Freelancerin für Werbeagenturen und Unternehmen. Da die Arbeiten über die Jahre immer illustrativer wurden und ihr Herz doch sehr für das Zeichnen schlägt, widmet sie sich inzwischen voll und ganz ihrer Leidenschaft, der Illustration. Vorwiegend digital zaubert sie liebevoll-freche Bildwelten für Jungs und Mädels. Ansonsten genießt sie die Zeit mit ihren Söhnen und ihrem Mann. Ihre Arbeiten findet man auf www.simoneleiss.de

Spannung an der Schlei

Anna-Livia, Dana und Falk leben in einem Internat in der Nähe von Schleswig. Kaum hat das neue Schuljahr begonnen, geschehen merkwürdige Dinge um sie herum. Ein Radfahrer ist nach einem Sturz spurlos verschwunden. Am Ufer der Schlei entdecken sie ein mit Stacheldraht umzäuntes Gelände und bewaffnete Männer, die dort angeblich Flusskrebse züchten. Tristan, der neue Mitschüler, verhält sich höchst verdächtig – die drei fragen sich, ob er etwas mit den Ereignissen zu tun hat. Sie gründen den Detektivclub »Schleifüchse« und ermitteln in ihrem ersten Fall.
